忘れえぬ人　松本かつぢ画

街の子だち

吉屋信子

文遊社

目次

露路に遊ぶ

街通りのお店の軒毎に背高な笹がその根に添う松と一緒に暮のうちから町内の鳶《とび》職の若衆達の手で立てられて、お正月が来て七草近くなると、笹の葉がからからになって冬枯れの風に鳴って居ます。

その街通りのお酒屋さんは田中屋と言います。田中と言う苗字をそのまま屋号にして居るのです。お店にはいろいろの大きなお酒の樽が据えてあります。その外《ほか》にも壜詰もあります。お酒ばかりでなくサイダー類も売るのです。その外にも缶詰も売るのです。ですからお店の棚や土間の真中には、様々の壜詰が赤や青の模様のレッテルを張ってならべられたりして夜の灯の下では、とても綺麗です。

牛肉の缶詰があるかと思うと、アスパラガスの缶詰もあります。青豆《グリンピース》のがあるかと思うとハムの馬蹄《ばてい》型のがあります。海苔の佃煮があるかと思うと蟹や鰯の入ったのがあります。お多福豆の缶詰も硝子壜に入った花らっきようもございます。もし東京に又恐ろしい、いつかのような大震災があった時には、此処《ここ》のお店の缶詰をたくさんリュクサックにでも詰込んで背負って逃げ出せば幾日もおなかはひもじくないと思います。ついでにサイダーやシトロンも入れて行けば水道管が破れても咽喉の渇く心配はありません。

その田中屋に一人の娘が居ります。今このお正月現在は小学六年生です。四月からは一躍女学生になろうと言う処です。照ちゃんはとてもふとって居ます。でも少しもみっともなくなく可愛く可愛くぽうとふとって居るのです。それにお顔もゴム毬みたいにふくれて、まんまるで柔らかい出来立のお餅みたいで一寸頬ぺたを指でつっつきたくなります。

この照ちゃんのお父さんは、すなわち田中屋の御主人達平さんです。照ちゃんによく似ています。親子ですから似て居ても別に不思議はございませんが、お父さんの方は大人ですから照ちゃんほど可愛らしくはありません。でも憎らしい小父さんでは、けっしてございません。とてもいい人のような顔して居ます。

照ちゃんのお母さんはお粂という名です。このお母さんはお父さんとちがって痩せています。そして昔は小町娘と言われた美人だったそうです。今だってまだお婆さんではありませんから綺麗なお母さんです。よくお父さんを助けてお店でも働いてお客様に愛嬌がよく町内でも評判のいい内儀《おかみ》さんです。

それから照ちゃんには一人の兄さんがあります。栄吉さんと言うのです。この兄さんは将来田中酒店の跡取りですから、お店の仕事を見習う為に高等小学を出るとお店でお酒の名入りの紺の厚い前垂をかけて、まめまめしく小僧と一緒に自転車で配達をしたり壜を洗ったりして働らいて居ます。とても妹の照ちゃんを可愛がっています。照ちゃんも「兄ちゃん兄ちゃん」と言って仲よしです。

照ちゃんの家族はこの外に、つい去年の春頃までお爺さんが居たのです。そのお爺さんは年寄になってからはお店へは出ずお店の裏庭に別棟に立てられた、二間《ふたま》の小さい隠居所にすまって朝から晩まで好《すき》な将棋ばかりさして呑気に長閑《のどか》に暮して居ましたが去年長命の年齢を送ってなくなりました。その後しばらく其《て》のお離れの隠居所はあいたままでしたが、それも不経済だとあって、今度お台所と入口の格子戸を付けて、貸家にする事になり昨年の暮から貸家札を張りました。

照ちゃんのお父さんは「小人数で上品な家庭で、お家賃を毎月きちんと納める人に貸したい」と言って、今までもその貸家を借りに来た少し乱暴な学生さん達は「男の自炊なんかされてよごされると困るから」と断りました。又赤ちゃんや子供を幾人も持ってる人も「家を汚なくされて、お庭の中へおしめを張り廻されては閉口だ」と断りました。達平さんはなかなか気むずかしい大家さんなのです。というのが自分のお家の庭続きの貸家ですから、よけいやかましいのでしょう。

その貸家、つまり田中屋の裏口へ入る道は店の横の細い露路です。その露路は田中屋の隣のお店の質屋の「福澄《ふくずみ》」と共通です。福澄の裏木戸もその同じ露路を通って入るのです。従って田中屋とお隣の福澄とは昔から仲よしのお家同志です。その上福澄には照ちゃんとおない年齢《どし》で小学校も同じ組も同じという敏ちゃんという娘があります。

敏ちゃんは照ちゃんのように、まるまるとふとっては居りません。お顔もまんまるではありません、むしろ痩せて身体も弱く子供の頃は病気勝でした。学校の出来は好いのですが気性が優しくて大変おとなしい子です、その点一緒に遊ぶ時はいつも照ちゃんにリードされて、おとなしくくっついている方です。眼は鳩みたいに柔らかく優しいのですが、気の毒に近眼です。六年の初め頃学校の先生の御注意で眼鏡をかける様になりました。その時照ちゃんはずいぶん羨やましがりました。

「いいわねえ、子供のくせに眼鏡かけると、とても利口そうで素敵よ、私もかけたいな」

と申しました。が敏ちゃんのお父さんは「女の子が今から眼鏡をかけては第一生意気らしいし、大きくなっても眼鏡かけて高島田にも結えず困ったな」と心配したのです。でも照ちゃんは時々敏ちゃんに、

「貴女《あんた》の眼鏡ちょっと貸してよ」

と言って自分でまんまるいお顔にかけます。

「おお面白い、とってももののがへんに見えておかしいわ」

と楽しそうにかけて見ます。

「どう私似合う？」

と細い銀縁の眼鏡をかけて鏡台をのぞいたりします。

「照ちゃんはお眼がいいから仕合せよ、敏ちゃんは不自由で可愛想よ」

と敏ちゃんのお姉さんの春代さんが、それとなく眼鏡をむやみとかけたがる照ちゃんに忠告します。敏ちゃんにはお母さんが今ありません、亡くなったのです。ですから此《こ》のお姉さんの春代さんがお母さん代りで敏ちゃんにとっては大事な大事なお姉さんです。

敏ちゃんにお母さんはないのですが、お父さんはあります。福澄質店の御主人幸太郎さんがすなわちお父さんです。このお父さんもお隣の田中屋の小父さんと大仲よしで気が合います。そして子供の照ちゃんも敏ちゃんも仲よしです。その点親子お揃いです。

福澄のお店は質屋さんですから、お酒樽や缶詰のたくさんならんで居るお隣の店とちがって、ひっそりしています。お店の前に小さい御門があってそこに紺の軒簾《のれん》がかかっています。またまん中に「質」と大きく書いてあって、脇に福澄と名がしるしてあります。その門の奥がお店でこれも見かけは、まるで普通のお家のお玄関のように格子戸《こうしど》ですが、中はお店作りで土間が広く、帳場格子《ごうし》の奥に御主人の幸太郎さんが座り、その背中の方に大型の金庫が据えてあり、横手の廊下から土蔵の入口が見えます。これはお店へお金を借りに来た人達の預けてゆく品物をしまって置く土蔵でしょう。

福澄の家族はお母さんがなく、お父さんと春代さんと敏ちゃんだけで寂しいようですが、外にお店の番頭さんや女中、婆や達で奉公人はたくさん居ます。福澄のお家は此の町内でもお金持の方だそうです。お隣の照ちゃんのお家の田中屋も此の福澄の地所を借りてお店や隠居所を建てて居るのです。

たそがれの街

あと二三日でお店先の松飾もとれるその日頃の夕方、照ちゃんも敏ちゃんも二人のいつもの遊び場所であそんで居ました。

その遊び場所というのは、二つのお店の間の露路です。此処へは街通りのように自動車が入って来ませんから、子供の頃から安心して石けりをしたり、白墨で地面に字をかいたり、二人だけで鬼ごっこしたり、縄飛びしたりヨーヨーが流行《はや》ると此処で上手さを競争したり、二人の楽しい遊び場所です。ふたりは今頃の入学試験の準備で忙しい間にも夕御飯前頃には、どちらからとなく出て来て此処で一緒になるのです。そして御飯ですよと呼ばれて「又あしたね」と言い合って別れます。

そこに相変らずそのたそがれも二人は居ました。するとその露路の入口へ一人の学生風の若い男の人が立って何か見詰て居ました。

「照ちゃんとこの貸家札をあのひと見ているわよ」

と敏ちゃんが申しました。その露路の入口の角に、(此奥に貸家、御用の方は前の

田中屋へ)

と書いた札が出ていたのです。

「田中や………」

その学生風の人は口のなかで呟《つぶ》やいて見廻しました。紺飛白《こんがすり》にセルの袴をきちんとはいた大変上品な学生らしい人でした。

「貴方お家借りたいの?」

照ちゃんは勇敢にその学生に向って口をききました。こういうところは敏ちゃんと違ってたいへん彼女はおでしゃのおしゃまさんなんでした。

「そうです。僕この小さい家見せて貰いたいんです」

その学生は申しました。

「だけど、うちのお父さん学生にはきっと貸さないことよ、だって自炊して汚なくするからって――」

照ちゃんはいつかお父さんが学生の合宿所に借りられるのを断ったのを思い出して、おしゃまを発揮しました。

(照ちゃんたら、あんな生意気言って今に怒られるわ……)

敏ちゃんは傍で見て居て、はらはらしました。そんなに彼女は気が弱い子です。

でも敏ちゃんの心配した様に其の学生さんは小さい女の子に怒ったりしませんでした。

「ハハ…、でも僕が借りるんじゃないんです。立派な奥さんと貴女位いの小さいお嬢さんが棲む為に街中の便利な貸家を僕が探してあげて居るんです」

と申しました。

「あら、そう、じゃあうちへ来て聞いてごらんなさい」

と照ちゃんは得意になって自分のうちのお店まで案内しました。敏ちゃんもくっついてゆきました。いつでも敏ちゃんはこうして照ちゃんにくっついてどこへでも行くのです。

お店と言っても露路を出て直ぐそこです。

「兄ちゃん、この人裏のうちの貸家見たいんですって」

と照ちゃんが店先に居た栄吉兄ちゃんに申しました。

「兄ちゃんには貸家のことわからないよ、お父さんに聞けよ」

とその兄ちゃんが言いますと、照ちゃんは大声で「お父ちゃん！」

「なんだい照坊」

とお父さんがお店へ出て来ました。照ちゃんはお父さんには照坊です。もう六年生だのに。

「あのこの人貸家――」

と照ちゃんが言いかけるより早くお父さんはじろじろと其の学生を眺めて、

「貴方はなかなかきちんとした学生さんだが、外に乱暴な友達と自炊でもするんであすこを借りるのならお断りだなあ、何しろ年寄の隠居所に建てたもので小さい家だが木口もいいし、よく出来てる綺麗な家だからね……」

と言いました。

「お父さん、借りる人は立派な奥さんと私ぐらいのお嬢さんが棲みたいんですって」

照ちゃんがわきから説明しました。小さき彼女のおしゃまはますます発揮されます。

「ホウ、そうか、そんならその奥さんに来て戴きたい、借主を見ないうちは、うっかり貸せないからね、なにしろ貸家と言っても、その店のすぐ奥だし、めったな人には貸せないからね」

とお父さんはなかなか頑固です。

「わかりました。ごもっともです。では奥さんをお連れしますが、その前にいったいどんな貸家か拝見出来ませんか」

学生のひとは頼みました。

「そんなら御覧なさい。照坊裏木戸へこの人をお連れしな」

お父さんはそういいつけました。照ちゃんは大いばりの案内役で又露路の奥へと学生を連れてゆきます。敏ちゃんが又お供です。

そして学生の人は裏木戸へ入りました。そこにお父さんが待って居て隠居所をさぞかし大自慢で見せるのでしょう。

「敏ちゃん、御飯にお帰んなさいね」

姉さんの春代さんの声が福澄の庭から聞こえました。

「照ちゃん又あしたね」

敏ちゃんはお家へ戻りました。

――その翌日の夕方も照ちゃんと敏ちゃんは此の露路で遊んで居ました。

すると其の角の貸家札の前に又立ち止った人影があります。

「あーら綺麗な奥さんよ」

眼鏡をかけて居ると眼が四つ分働らくと見えて、それは敏ちゃんは眼ざとく人を見つけます。

「田中屋はそちらでございまアす」

照ちゃんが問われもしない先から例の勇敢さで堂々と申しました。

「ホホ…ありがとうございます」

奥様がこちらを向いてお辞儀なさいました。黒っぽいコートを召した、とても上品な美人の奥様です。そして其の人は田中屋のお店へ入ってゆかれました。

「いって見ましょうよ」

と照ちゃんは敏ちゃんを引張ってお店へ入って見ました。店には丁度照ちゃんのお母さんが据《すわ》って居ました。

「へえ。いらっしゃい」

お母さんは立派なお客様が御入来と見て声をかけました。

「昨日こちら様の貸家を拝見させて戴きまして、大変結構だとの事で私が伺いました。借手に直接来いと仰しゃいましたそうでしたが借手は私でございますが」

奥様に叮嚀《ていねい》なものの腰でそう言われると照ちゃんのお父さんが昨晩少し若い学生のひ

とにいばり過ぎたようでお母さんは困った顔をしました。

「どうも手前は頑固のような事を申し上げますが、なにしろ家のすぐ傍をお貸しするわけでして、それに生れて初めて大家さんになるもんでして、人に家を貸すにはよっぽど気を付けないといけないと思いまして――主人が大変やかましい事をつい申しまして……」

とお母さんは奥様にあやまるのです。

「いいえ、そんなおかたい大家さんに貸して戴けますなら私も安心でございます。もし拝借させて戴けたら仕合せでございますが、いかがでございましょう――」

奥様はこう言うのです。

「はあ、もうそれはお貸し致しても宜しいのでございますが――生憎今日は主人が居りませんで――」

とお母さんはうろうろして困った様子でした。

「左様でございますか、それでは――只今私は郊外の方に居りますが、御主人様がお帰りになりましてから、もし拝借させて戴けるようでしたら、一寸お葉書なりと下さいますよう」

奥様がそう言いかけた時、

「お母ちゃん、お父ちゃんきっと玉突に居るのよ、私呼んで来るわ」

と店先に様子を見て居た照ちゃんが申しました。お父さんはいつか町内の人と温泉へ行ってそこの宿屋で玉突を習ってからは今玉突に夢中なのです。だから照ちゃんはきっとお父さんはそこに居るのだと想像しました。

「敏ちゃん行って見ましょうよ」

と又お伴《とも》をつれて照ちゃんはマラソン競走の様に走り出しました。

ビリヤード八千代という小さい玉突場はその近くです。照ちゃんはそこまでせっせと走りました。円タクや貨物自動車自転車が走る中をうまく敏ちゃんとくぐり抜けて、青いペンキの建物の入口に白と赤の玉を書いて（ビリヤード八千代）と看板の出て居るところへ着きました。その玉突場の窓硝子に背のびしてなかを覗きますと、お父さんの頭が見えます。

「やっぱしうちのお父ちゃん居たわ」

と照ちゃんは喜こんで入口の戸を開けて入りました。お父さんは今大きな玉台の青羅紗の上に紅白の象牙の玉を棒《キュー》で突こうとして居るところでした。

「お父ちゃん！」

照ちゃんは大声をあげました。

「えっ——照坊か、なんだい」

お父さんは吃驚して棒《キュー》を持ったまま後を振り返りました。

「たいへんなの！」

「なにが大変だ」

お父さんは慌てました。

「すぐ帰って頂戴って」

照ちゃんは勝手なことを申します。

「よし今帰る、折角面白いところだが——」

とお父さんは相手の人に何か言って、そそくさに二重廻しと帽子を持って出て来ました。

「いったい、どんな用が出来たんだい、誰か病気にでもなったのかい？」

お父さんが心配そうに聞きますと、

「裏の貸家借りる奥様がいらっしたのよ、だから照ちゃん迎えに来たのよ、ねえ敏ちやん」

照ちゃんが打明けました。

「ばか、そんなことで息せききって迎えに来んでもいいのに」

とお父さんはいまいまし気にぶつぶつ言うのですが、

「だって、お父ちゃんが又借手の顔を見ないといけないって言えば、あの奥さん二度もお家へ来なければならないんだもの、可愛想だわねえ、敏ちゃん」

照ちゃんは何か自分の立場を守る時だけ、よく敏ちゃんに同意賛成を求めます。

「だから貸家持つとやっかいだ」

お父さんはぶつくさ言いながらも小さい娘達に連れられてお店まで戻りました。

「あらやっぱり貴方玉突でしたね」

店口からお母さんが怠け者のお父さんを睨めるようにして言いました。

「うん今日はちと店がひまだったからね」

とお父さんは玉突へ行ったのが知れて少しまごまごしました。

「貴方、この奥様が裏の家を借りたいといらっしゃったんですよ」

お母様に説明されてお父さんはその上品な奥様にお辞儀しました。

「いかがでございましょう私共に貸して戴けましょうかしら?」

奥様が心配そうに言いますと、いつも借りに来る人によくいばったお父さんも此の気品のある奥様にはへいへいしました。

「へい、あんなちっぽけな家でよければ、どうぞお使いになって戴きます」

とたいへん謙遜になりました。

「小さくて街中にございますので結構と存じ是非拝借させて戴き度うございます。こちらは私と——」

と言いかけて、さっきから店の隅に成ゆきいかにと眼を見張って居る照ちゃんと敏ちゃんの方をにこにこして御覧になって、

「丁度このお嬢さん達の年齢《おとし》の娘と二人だけでございますから——」

と申しました。

「おやおや左様でございますか、旦那様は——」

照ちゃんのお母さんは問いました。

「亡くなりまして、それで只今まで棲んで居りました郊外の棲居《すまい》は寂しく——それに今度私も挿花《おはな》の師匠でもして暮すつもりで居りますので、それには郊外では不便で稽

古にいらっして下さる方も少ないと思いまして、便利な市内の街中の貸家をと、ずいぶん昨年暮から探して戴いたのでございますが、幸いこちら様のお家が見つかりまして……」

奥様がそう言うと照ちゃんのお父さんは感心したように、

「ははあ、なるほど、未亡人におなりなすって、これからお挿花《はな》のお師匠さんをお始めなさる、なるほど――照坊ぐらいのお嬢さんをお抱えなすって――なるほど、それは御苦労なことですね、ようがす。どうぞ裏へ越しておいでなさい、お家賃もそんなことなら、いくらかおまけします。お稽古のお弟子もお世話してあげましょう、なあお条」

お父さんは大変、その未亡人に同情してしまいました。

「ほんとに当世お子さんをお抱えになって女の一人手で育てるのはお骨折でございますよ、あの裏のお家なら用心も宜しゅうございますし、お挿花教授の看板をこの店角へお出しになれば人眼にも付きますし、是非越していらっして、そうなさいましよ、奥様」

お母さんも又同情者になりました。

「ありがとう存じます。では早速この次の日曜日に移って参りますから何分よろしくお願いいたします」

と奥様は優しくお礼をのべてお店を出ながら、照ちゃんと敏ちゃんの方を見て微笑《ほほえ》みながら、

「先程はお世話になりました。お父様を呼びにわざわざいらっして下すってありがとう存じます。宅の久美子もこちらへ参りましたら、どうぞ仲よしにしてやって下さいましね」

と言われて照ちゃんも敏ちゃんも「はい」と小さくなったり赫くなったりしました。

「あのお二人とも小学校でいらっしゃいますか?」

と奥様が問いますと、照ちゃんのお母さんが子供達に代って答えました。

「はあ、六年生でもう此四月には女学校にやるんでございますが、宅の照坊なぞと来たら御覧の通り、まるで男の子みたいに、きかなくて子供ぽくてホ……、その敏ちゃんはこのお隣の質屋の福澄さんのお嬢ちゃんですが、やはり照坊と同じ年齢で、仲よしですが、敏ちゃんの方がずうとおとなしくていい子ですよ、ねえ敏ちゃん、そうでしょう」

照ちゃんのお母さんに褒められた上、そうでしょうと言われて敏ちゃんは真赤になりました。

「ホ……ほんとにお二人とも仲睦《なかむつま》しそうでお可愛らしいとさっきから思って居りました。宅の久美子も今は郊外の小学校に通って居りますが、春からは、こちらのお嬢さん方のいらっしゃる女学校に入れましょう、お近いんでございますか」

「ええ、歩いてもゆけます」

こちらのお嬢さん二人がかしこまって申しました。

「おやおやそれは結構でございますこと、では久美子もそこへ入学させる準備をさせましょう。ではいずれ近日こちらへ移って参りました上――」

奥様は叮嚀に御挨拶して帰りました。

照ちゃんと敏ちゃんは黄昏《たそがれ》寒い街中に消えてゆく黒いコートのその背高い後姿を見送りながら又二人お手々をつないで二人の友情クラブみたいな露路へ入りました。

「郊外の小学校から来てすぐあすこの入学試験受かるかしら、ねえ敏ちゃん」

照ちゃんが言います。

「そうね、でも、あの奥さんのお嬢さんなら、きっと出来る子よ――」

敏ちゃんが言うのです。

「そうかしら？　じゃあここからおうちの近所だけでも三人同じところへ受けに行くのね」

照ちゃんが数えました。ふたりは指を折って見ます。田中屋の照ちゃんで指が一本、福澄の敏ちゃんで二本目の指、次が（あの奥さんのお嬢さん）で三本、しめて三人ここから近くの女学校の入学試験に遠からず向うのです。

「そのお嬢さん久美子ってのね、（宅の久美子もこちらへ参りましたら仲よしになって下さい）ってさっきの奥様言ってらっしたわ」

敏ちゃんはそういう記憶力もいいようです。

「久美子なんて気取ってるわねえ」

照ちゃんがおなまを申します。そして、

「ねえ、敏ちゃん、私もし女学校おっこちたらどうするの？」

と真剣な調子で問いました。

「照ちゃんが落第したら――たいへんね」

敏ちゃんもこれは一大事というお顔になりました。

「私が落第して、敏ちゃんは受かるのよ、そしたらどうする？」

照ちゃんが又重ねて質問しました。

「まあ！　そうしたら――そしたら私ほんとに泣いちゃうわ」

敏ちゃんが困ってほんとに泣きそうでした。

「泣いたって駄目よ、よう、どうするってばア」

照ちゃんは少ししつこく聞きます。

「……………」

敏ちゃんはなんと返事したらいいか困ってしまったのです。

「ねえ、敏ちゃん、私落第したら、敏ちゃんも入るのよして、外の女学校に入るか、一年高等科にゆかない？」

照ちゃんが申しました。

「あら、じゃあ、私及第しても入学よして照ちゃんと同じになるのね」

敏ちゃんが少し困った顔をしました。

「そうよ、仲よしってそういうものよ」

照ちゃんが言いました。

「ね、敏ちゃんあんたそうして呉れる勇気ある？　その代り私も敏ちゃんが落第すれば、もし私が受かってもやっぱりよすことよ」

照ちゃんに顔を覗かれて敏ちゃんは弱々しくうなずきました。

「じゃあ、きっとね、嘘つけば怒るわよ」

「ええ」

「じゃゆびきりしましょう」

ふたりの指がからみ合いました。

「もう大丈夫ね、私安心しちゃった。だものあの奥さんとこの久美子さんてひとがここへ来て試験うかっても私達の一人が落第すれば久美子さんはぐぬけにされて、二人だけ一緒の学校にゆけるのだわねえ」

照ちゃんはそう言って大安心です。

「だけど照ちゃん、そんな心細いこと言わないで一生懸命におさらいして受かる様にしましょうよね」

敏ちゃんがまごころこめて言いました。

「だって、いくらおさらいしたって、どこの問題が出るかわかんないのつまンないわ」

こういう呑気な照ちゃんです。いったいどうもじっとお机の前でおさらいしたり考えたりする事は嫌いの方です。その代り大人も及ばぬような活動家です。いざとなればお店でお酒も売れる位いです。それに貸家札を見ている人を案内したり、その点まことに活潑でよろしいのですが、学校のおさらいは暫くしていると膝頭がむずむずしてすぐ身体を動かしておしゃべりかお遊びがしたくなるのです。

「そんなこと言わないで、どこが出てもいい様に勉強しましょうよ、お裏へ今度お引越して来る久美子さんが及第して、照ちゃんが落ちればそれは恥よ、だってあんた大家さんの娘でしょう。だのにその家を借りてる店子より出来なければ笑われるわよ」

敏ちゃんは忠告しました。第一照ちゃんにどうしても受かって貰わねば困るのですもの、自分まで運命を共にしなければならないのですもの――

「いいわ私も今晩から遊ばずに勉強することよ」

照ちゃんも大家さんの娘が店子のお嬢さんに負けては恥と聞かされて非常に奮起するつもりらしいのです。

「じゃあね、又あした。敏ちゃん今日の指切りの約束忘れちゃいやよ」

「ええ忘れないわ」

ふたりはたがいに可愛ゆい声をかけ合って二つのお店の奥の棲居へ別れて入りました。この二人の少女の不思議な「約束」を二人以外に知って居るのは、その露路の一本の電灯の灯だけでした。

さて——そして次の日曜には、二人の街の子に新《あらた》に加わる久美子が現れて来ようとしています。

日曜日

お酒屋の田中屋と質屋の福澄の間の露路にふたりの少女は日曜日は朝から出て来ます。

その朝は御飯がすむと、すぐ福澄の敏ちゃんが先に姿を現しました。敏ちゃんは着物を暖かに着ぶくれて居ます。

「照ちゃん！　いらっしゃいなア」

敏ちゃんが露路から相棒の彼女を呼びました。

「はアい、いますぐゆくことよオ」

照ちゃんがお家の中から大声で言うのが聞こえます。けれども、なかなか彼女の姿は見えません。

「照ちゃん、はやアくウ——」

待ちかねて敏ちゃんが何度目かに又呼んだ時、やっと照ちゃんが赤いセーターに着ぶくれて露路へ出て来ました。

「なにして居たの？」

敏ちゃんが少し怒った様に言いますと、

「だってマスクがなかなか見つからなかったんだもの——そしたらお机の下にころがってたのよ」

そう言う照ちゃんは、なるほど口に黒いマスクをかけて居ます。

「おかしいわ、マスクってへんねヽヽ」

敏ちゃんは眼鏡をかけた上に、マスクまでかけると大変だと思ってか、断然マスクをかけぬ党です。

「感冒《かぜ》ひくと大変よ」

照ちゃんはおどかすように言います。

「だって、いつでも出かける時大騒ぎしてマスク探したり、お机の下へ転がしたりすれば汚ないわ、そんなマスクかけても役に立たないことよ」

敏ちゃんは照ちゃんをやりこめました。

「でも、外へ出た時これして居れば感冒のバイキンうつらないから安心よ」

照ちゃんは時々マスクしたままキャラメルを頬ばったりするので、マスクの内側に当てて居るガーゼにキャラメル色のしみが付いて居たりするのですが、照ちゃんは平気なんです。

その時貨物自動車のやかましい音が露路口に響いて来ました。

「あらお引越しよ、そら照ちゃんとこのお裏の家よ、きっと」

敏ちゃんは其の貨物自動車の上に積まれた家のお道具、簞笥、お机お蒲団の包みなどを見てそう言いました。

「えっ、どれ」

照ちゃんは馳け出して貨物自動車の前に行きました。するとその後に一台自動車が続いて、その中に人影が見えました。

「此の間の綺麗な奥様がいらっしたのよ」

敏ちゃんが囁やくと、照ちゃんが慌ててマスクをはずしてセーターのポケットに押し込みました。大いに儀容《ぎよう》を調のえたのです。

そして敏ちゃんも照ちゃんもふたりとも二台の自動車の為道を除けて立ちました。車は露路へは入りません。ですから貨物自動車もその入口で止り運送屋の人夫さんは車から降りて荷物をおろし初めました。その後の自動車からは、先夜貸家を探して照ちゃんのお家に来られた上品な奥様と、それからラクダの外套の美しい少女が降り、続いてその奥様の来られる前の日貸家札を見付けて尋ねた青年が降りて来ました。

車のなかから人が三人降り立つのを見ると敏ちゃんと照ちゃんはそっと足音を忍ばせて、新しく人の移って来る照ちゃんの裏の貸家と反対側の敏ちゃんのお家の裏木戸に姿をかくして、木戸を少し開けて、その隙間からじっと露路の様子を見詰て居ました。

重い荷物を人夫達が運ぶより早く奥様と少女と青年が三人露路を通って貸家の中へ入りました。

その三人の姿の中でも、その少女の姿に照ちゃんと敏ちゃんと四つの瞳は強くそそがれました。

「見た照ちゃん、久美子さんてひと？」

敏ちゃんがそっと囁やきました。

「ええ見たわ、気取ったひとね」

照ちゃんが言いました。

「これから私達お友達になるのね」

敏ちゃんが嬉しそうに言うと、

「だけど、まだわかンないわ、いい人だか意地悪だか――いやな子なら遊んでやらないことにしましょうよ」

と照ちゃんは大家さんの娘ぶっていばったことを申します。

「でもとても利口そうね」

敏ちゃんはちらと見た久美子嬢に大いに敬意を表しました。

「利口なひとに意地悪多いのよ」

照ちゃんは用心深く、あまり利口なひとを信じません。

「そんな事、これからつきあって見なければわからないわよ」

敏ちゃんはもっともの事を申します。向うのお家ではお引越の荷物が盛に運ばれて参ります。ですから露路にふたりは暫く出て遊べなくなりました。

「照ちゃん家へ来て一緒に勉強しましょうよ、私達久美子さんに負けちゃ駄目よ」

と敏ちゃんが申しました。

親友・新友

敏ちゃんのお家で照ちゃんが一緒におさらいしてお昼御飯の時、お家へ帰り裏の方をそっと覗きますと、もうあらかたお引越騒ぎもすんだのでしょう。静かでした。そのお昼過ぎ間もなく田中屋へあの引越していらっした奥様が久美子さんを連れて御挨拶に来られました。

「照ちゃんちょっとおいで」

とお母さんに呼ばれて照ちゃんがお店へ出ますと、奥様と久美子さんが立って居ました。

「どうぞ宅の久美子と仲よしになって下さいましね」

奥様に言われて照ちゃんはまごまごしてお辞儀を二つ三つ続けざまにしました。

久美子さんも負けずに照ちゃんにいとも叮重にお辞儀をしました。

久美子さんは色の澄んだ上品なお顔で眼が綺麗でいかにも大きなお邸の小さいお姫様のようでした。どうしてこんなひとが私の家の裏のあんなちっぽけな貸家に移って来たのかと照ちゃんはおかしく思いました。

久美子さんとそのお母様は御挨拶だけで帰られました。その後姿を見送りながら照ちゃんのお父様は、

「ほんとに立派な方らしいね、あのお嬢さんのお父さんが亡くなられたので、あんな小さな貸家に入ってお挿花の先生をお母さんがして、あのお嬢さんを育てるんだってんだが大変だね」

と同情しました。

「うちの照ちゃんも少しお行儀よくしないと笑われますよ、お裏の方達に――」

とお母さんは心配そうに申しました。

が——照ちゃんはそんな言葉を耳にも入れずもうさっさとお隣の敏ちゃんのお家へ又出かけました。久美子さんの来た報告に息せき馳け付けたのです。

「敏ちゃん大変よ、私うちの母さんに叱られたの、お行儀よくしないとお裏の方達に笑われるって……」

「そう、本当だわ、笑われないようにしましょうよ」

気の小さい敏ちゃんは今からその心がけになりました。

そこへ敏ちゃんの姉さんの春代さんがお八つのお菓子を持って来て下さりながら、

「いま照ちゃんのお裏へ越していらっした奥様が御挨拶にいらっしたのよ」

と申しました。

「姉さん、久美子さんてお嬢さんも来て?」

と敏ちゃんがもし久美子嬢が来て居るなら飛び出して行こうとして問いますと、

「いいえ奥様おひとりよ」

と春代さんは申しました。

「あら、ずいぶんね、照ちゃんとこへは久美子さんも行ったのに、私ンとこへは来て呉れないのね」

と大いに敏ちゃんは感情を害した様です。

「だってうちは大家さんですもの――」

と照ちゃんが言いました。そして、

「じゃあ、私が今度敏ちゃんへは紹介してあげるわね」

と大得意で申しました。

その翌朝ふたりが誘い合せて小学校へ出かける時、敏ちゃんはそっとお裏のお家の前を通りますと、そこの田中屋の庭の通用門の柱に宗像寓《むなかたぐう》と小さくしるした新しい表札が出ていました。その脇に大きな表札がならんで、「華道教授」と看板が打ってありました。

「これなんて読むの？　上は伊達政宗の宗だし、下は像ね、でもムネゾウさんて名へんね」

敏ちゃんは読方の試験に出会ったように首をまげました。

「そうよ、正宗ってお酒もあるわ」

照ちゃんはさすがにお酒屋の子です。

すると裏の御門が開いて、ラクダの外套を着た久美子さんが、これも登校姿で現れました。

「お早うございます」

と向うからお行儀よくお辞儀されて、二人はちょっとまごつきました。

「お早うございます」

とふたりも慌ててお辞儀をしかえしました。

「この方がお隣の福澄敏子さんです」

照ちゃんは大人ぶって敏ちゃんを御紹介致しました。

「私宗像久美子でございます、どうぞよろしく」

と小学六年生にしては、なかなか落着払った御挨拶を久美子さんがしました。

「……よろしく」

と敏ちゃんは赫くなって申しました。

そして三人いつの間にか肩をならべて街通りへ出ました。日頃はおしゃべりの照ちゃん敏ちゃんも大変かたくなって黙って澄して居ました。

電車道へ出ますと、

「私これで失礼します」

と久美子さんは又大人びた御挨拶を残して停留所の方へ別れて行きました。ふたりの行く近くの小学校とは反対です。何故ならば久美子さんは元棲んで居た土地の小学校へ通うのですから、省線の駅まで出てゆくのです。

照ちゃんは久美子さんが居なくなると忽ち本性を現して、

「ね、ずいぶんおシャマさんね」

と御自分のおシャマは棚に上げて申しました。

「なんだか、いちだん偉い人の前へ出たようで口がよく利けないのね」

と敏ちゃんが残念そうに言うのです。

「そんなことないわ、私達と同じ女の子じゃないの」

照ちゃんは肩をそびやかしたのです。

「早くお友達になってしまえば、いろいろおしゃべり出来るわね」

敏ちゃんはその希望を密かに持つらしく言いました。

「そうよ、でも私と敏ちゃんは親友でしょう、でもあの久美子さんは新しい友、新友よ、だからやはり少しちがうわ」

「新友なんて言葉ないことよホ………」

敏ちゃんが笑いました。

「だってムネゾウがムナカタだったから、字はなんとでも読めるのよ」

照ちゃんは自分の今発明した新友の字を引込めません。

その日の夕方、ふたりは又夕御飯までの時間を露路で会いました。

「久美子さん呼んでみましょうか」

敏ちゃんが相談しました。

「ええ、貴女呼ぶといいわ」

照ちゃんは今まで自分にばかり従がいついて居た敏ちゃんがどうやら新友の久美子さんに非常な興味を持つ様子を少し不愉快に思ってるようでした。照ちゃんはお友達のなかでもお山の大将気分で自分が人をリードしないと気のすまない性質なのでしたから。

「私きまりが悪いわ、照ちゃん呼んでみてよ」

と敏ちゃんは弱気を発揮します。

「意気地なしね、あんなひとどこが怖いの」

と照ちゃんは敏ちゃんを叱る様に言って、大きな声を裏の木戸口へ向けて張り上げました。

「久美子さん遊びましょう」

照ちゃんは二度ほど続けて呼んだのですが、なんの返事もなく、又久美子さんの現れて来る様子もありません。

「ひどいわ、こんなに呼んでも出て来ないって、いばってるのね」

照ちゃんは頬ぺたをふくらしました。

その言葉の終るか終らぬに、裏木戸ががらりと開きました。さては久美子さんかと二人が思わず飛びのいて振り向きますと、呼んだ久美子さんではなく、そのお母様の奥様でした。

「久美子は生憎今日学校から帰りますと熱が出まして感冒らしいので臥《ふせ》って居りますの、早くなおしておふたりと遊んで戴くようにと申して居ります」

と仰しゃいました。

「はい――」

照ちゃんは兵隊さんのように、しゃっちょこばってお辞儀しました。

「どうぞお大切に――」

敏ちゃんがよく気がついて申しました。

「ありがとうございます、貴女方もお感冒を召さないように」

と奥様は優しく仰しゃって又木戸を閉めて入られました。

「マスクしてないから感冒ひいたのよ」

と照ちゃんが小さい声で言いました。

「そうじゃないわ、弱いのよ」

敏ちゃんはマスクなんてへんなものを信じません。そして——

「私達も感冒ひくといけないから、今日はさよならしましょうね」

と俄に寒くなった様に敏ちゃんはお家へ帰りたくなりました。

「さよなら、またあした」

ふたりが別れて行った露路の上に冬の月が銀色に冴えて光っていました。

三鳥

その次の日曜日の朝――田中屋へ奥様が又いらっしゃいました。

「宅の久美子も感冒がなおりましたので、その快気《かいき》祝いを兼ねて今日のお昼何もございませんが、こちらの照子さんとお隣の敏子さんをお招きしてお近付きになって戴きますよう、御食事を御一緒に差し上げ度いと存じますが、いかがでございましょう、いらっしって戴けましょうか――」

と仰しゃるのです。

「どうも、それはそれは有難うございます、あの子は大喜びであがりますとも」

照ちゃんのお父さんも口を揃えて御返事しました。

「それでは敏子さんもお誘い下さいまして――」

「宜しゅうございます、うちの照坊と敏ちゃんは毎日お神酒《みき》徳利のように並んでる仲よしですから二人で参りますとも」

照ちゃんのお母さんが申しました。

さあ、それからが大変です、照ちゃんはお母さんからそのお話を聞くと一足飛びに敏ちゃんのところへ報告と御相談に行きました。

「敏ちゃん、とてもたいへんよ、裏の久美子さんのお家へ御飯に招待されたのよ、貴女ゆくでしょう」

「あら、私も一緒に行っていいの？」

「そうよ、敏ちゃんを誘ってって頼まれたんですもの――」

「行きたいけれど――まだよく知らないひとのお家で御飯たべるの、きまりが悪いわ」

敏ちゃんはとかく考え深い性質です。

「そりゃあ、お行儀よくしないといけないって、私さっきずいぶんお母さんに注意されたわ」

照ちゃんもその点心配そうです。

「きもの何着てゆく？」

敏ちゃんが相談開始――とかく女の子はおしゃれがまず第一気になるようです。

「洋服？　きもの？」

照ちゃんもその相談です。

「およばれの時はいい洋服着るのよ、ね、毛糸のセーターなんてかぶれないわね」

「じゃあ寒いわね、やっぱり着物がいいわ」

「ええそうしましょうよ」

で相談一決！　此の小さき御神酒徳利さんの一対《つい》はめいめいおしゃれに取りかかりました。

ふたりとも錦紗の花模様の袂の長い着物にお羽織で照ちゃんはお母さんに敏ちゃんは姉さんの春代さんの手で少しのお化粧《メイキャップ》とお仕度をして戴き、その上何んだか紅白の水引のかかったお菓子の折を二人共同の贈物として御持参に及んで久美子さんのお家へ揃って出かけました。

田中屋の隠居所だったのですから、小さいお家ですが、でもよく家のなかが上品な家具で飾られたので、たいへん立派に見えました。

「よくいらっして下さいました。お待ち申して居りましたよ」

と奥様すなわち、久美子さんのお母様に迎えられて、お座敷へ通りますと、そこにはもう床の間の前に紫檀のお机が置かれて白い卓子掛がかけられてお食事の用意がしてありました。

「いらっしゃい」

久美子さんが立って来てにこにこ笑って二人の新友を迎えました。

「きょうは、おまねきに、あずかりまして、ありがとうぞんじます。おことばに、あまえまして、うかがいました」

と照ちゃんと敏ちゃんはまるで一緒にお読本でも読むように、はっきり区切りながら一語もまちがえず二人で同じ事を同時に言いまして、出来るだけ叮嚀にながい時間首をさげてお辞儀しました。此の最初の御挨拶はここへ出かけて来る前、福澄のお二階で春代姉さんに教わって、二人で何度も暗誦したのですから、その甲斐あって、あっぱれの上出来でした。

「どうぞ召し上って――」

と奥様のお運びになったのは、まず初めに五目ずしでした。ちらしのおすしを伊万里焼の美しいお皿に盛られて黄ろい玉子焼だの赤い海老だの青いお海苔だの千代紙をきざんでぱらりと振りかけた様に綺麗でした。次に朱塗金蒔絵のお碗が運ばれました。「どうぞ」と幾度も奥様と久美子さんに催促されて照ちゃんと敏ちゃんはやっとお箸を取りました。いともつつましいお口をして一口二口戴きかけました。なかなかおいしいのです。

「たくさん召し上ってね、うちのお母様のお手製よ」

久美子さんが、だんだん打ちとけて仲よしになりたいように言います。そう言われた時になんと御返事すべきか、あいにく春代姉さんに教わって来なかったので、お神酒徳利さん達眼を白黒させましたが、さすがは照ちゃんです、勇敢に、「おいしいわねえ」と言って敏ちゃんの顔を見ました。それに勇気を得て敏ちゃんも「双葉ずしのよりおいしいわねえ」と申しました。（双葉ずしとはこの町内のおすし屋さんです。）照ちゃんも敏ちゃんも此処のおすしはよく食べるので知っています。

「おふたりともお神酒徳利のように、いつもお揃いでお仲がよろしいんでございますってねホ…」

奥様がお笑いになりました。それで二つの小さい徳利さんは赤くなってはにかみました。

「これから久美子もお仲間に入れて頂戴ね」

久美子さんが申しました。

「ホ……でもお神酒徳利は二本揃うのですよ、三本になるとお困りでしょう」

奥様が又お笑いになりました。こんな時又なんと御返事すればいいのか、あいにく春代姉さんにそこまで教わって来ないふたりは、はたとつまりました。まったくこれも女学校の入学試験同様どこが出るのかわかりません。でも敏ちゃんは一生懸命に考えました。ここでも黙っていれば、久美子さんをはぐぬけにして三人仲よしにしないという事になるのですから――それでやっと敏ちゃんが頭をひねった結果言い出しました。

「でもお三味線の糸は三本揃っていますわ」彼女一代の智恵を現しました、と言うのが敏ちゃんは長唄のお稽古に姉さんと通っているのですから、それでお三味線の絃を考え出したのです。

「ホ……ではこれからお三味線の絃のように三本仲よくして下さいましね」

奥様が嬉しそうにお笑いになりました。照ちゃんは心でお三味線の絃とは、ずいぶん長細いものに譬えられたと思いました。で自分も敏ちゃんに負けず何か三つ揃っているものを言い出そうと頭をひねりました。三つ三つ三大節ってのがあるけれど、ちとへんだし、と困っていますと、奥様が仰しゃいました。

「昔から鶴と雁と雉の三羽を三鳥と申しますよ、これは昔大名のお膳に付けます上品なお料理に使う鳥でした」

「あら鶴と雁と雉の三鳥、おもしろいのね」

久美子さんが言いました。（でもお料理になって食べられるの悲しいな）と敏ちゃんは心配しました。

「久美子さんは鶴ですわ、照ちゃんが雁、私雉でいいわ」

敏ちゃんがまた智慧を発輝しました。（眼鏡かけてる子はらがったもんだわ）照ちゃんは今日の敏ちゃんの小さき社交家振りに少し反感を持ちました。しかし、どうもそう言えば、久美子さんは鶴らしく、自分は雁で、敏ちゃんが雉——やっぱりそう譬えるのがふさわしい様で照ちゃんも異議ないところです。

それで鶴と雁と雉は仲よくたくさん鶴のお母さんのお手製のおすしをお代りして、お碗の中の玉子をおいしく戴きまして、その日すっかり打ちとけて、楽におしゃべり出来る仲となりました。

そして御飯がおしまいになって、お蜜柑や洋菓子や紅茶が出た頃は照ちゃんはすっかり日頃通りの快活な雄弁家になって居ました。

「あのお写真どなた？」などと壁にかけてある大きな写真の額を指さしたりしました。

「あれ亡くなったお父様」

久美子さんが答えました。そのお写真のお父様はお殿様のように上品な紳士でした。

「私のうちにも亡くなったお母様の写真仏檀に飾ってあるの」

敏ちゃんが思い出して申しますと、

「おや、お母様がいらっしゃいませんの、それはそれは」

敏ちゃんに同情深い優しい眼を奥様がお向けになりました。

「私はお父さんもお母さんもあるの、でもつまらないわ」と照ちゃんが謙遜しました。

「でも御両親揃っていらっしゃるのが何よりでございますよ」

奥様がしみじみ仰しゃいましたが、照ちゃんは首を振りました。

「いいえ、お小言戴く時、お父さんからもお母さんからも二人分言われるから損しますわ」と申しました。

「ホ……………」

皆笑いました。雁は面白い子です。

「でも、おふたりには御兄妹がいらっしゃるから、お寂しくございませんね、宅の久美子など一人子で……」

奥様が仰しゃいました。

「あの、いつかこのお家を見に来た学生さん、久美子さんのお兄様じゃないの？　お引越の日もいらっしゃったわ」

照ちゃんが、あの青年を思い出して言います。

「あの正雄さん——お兄様じゃないのでもお兄様のように親切ないい方よ、亡くなったお父様の教えていらっしった人なの——でも御用のある時より外あまり遊びにいらっしゃらないの」

久美子さんが正雄さんと呼ぶあの秀才らしい学生の事を説明いたしました。

さて——あまり長くお邪魔せぬようにと、照ちゃんも敏ちゃんも出かけに耳に蛸のよるほどお家で注意されたので、それから暫くすると二人とも又お辞儀をして帰りました。

ふたりとも、すてきなお友達が一人ふえたと思って嬉しくなったのです。そしてこれから露路で鶴と雁と雉は翅を揃えて大いに楽しく遊ぼうと思いました。

運と実力

照ちゃんと敏ちゃんは久美子さんのお家へおよばれしてから、三鳥の鶴と雁と雉になって、これから大いに仲よし三人組で遊ぼうと思ったのですが、此の三人には生憎その前途に女学校の入学試験と云う、一生の一大事が控えて居るものですから、あんまり呑気に遊び暮すことがまだ出来ませんでした。

照ちゃんも敏ちゃんもその準備教育で少し学校に長く残るのです。（ほんとは小学校でそうたくさん入学試験の為の準備教育をしてはならない事になって居るのだそうですが、受持の先生も御自分の学校から行った子が落第するのは困りますから、自然力を入れて生徒達に入学試験への用意をさせるのです）

それで照ちゃん達は、いつもより遅くなってお家へ帰るのです。その道々——

「こんなに精出して勉強してるのに、おっこちたらほんとにつまンないわね」

敏ちゃんが申しますと、

「でも試験なんてものは運不運だから、どうだかわかンないわ」

照ちゃんはどうもしっかり自信の持てない悲観論者です。

「そんな事ないわ、運だなんてやっぱり実力よ、実力さえつけて置けば大丈夫よ照ちゃん」

敏ちゃんは盛に実力説を唱えました。

「おふたりとも今お帰り——私もよ」

と不意に後から声をかけたのは久美子さんでした。久美子さんも小学校こそ違え、やっぱり準備教育の為に遅れて今帰宅するのです。

「あら——久美子さん」

ふたりは立ち止りました。

「もうじき入学試験ですのね、三人ともしっかり勉強して御一緒に受かりましょうね、そして同じ女学校へ毎朝誘い合せて行けるの素敵ですもの……」

久美子さんは其の日の早く来るのを楽しむように申しました。

「ええ、ほんとに、私達三人のうち一人でも落ちれば悲しいんですもの……三人共実力をつけて入りましょうよ」

敏ちゃんが又実力を言いました。

「そうですわ、鶴と雁と雉は三羽共離れずにいつでも仲よく飛びましょうよホホホホホ」

久美子さんが笑いました。そして露路の前で「では、さようなら」とお辞儀をして華道教授の看板の出ている田中屋の裏門へ入ってゆきました。照ちゃんはその後姿を

見送っていましたが、

「ね、敏ちゃん、いつかの約束貴女きっと守る」

と敏ちゃんに言い出しました。

「いつかの約束ってなあに?」

「いやねえ、もう忘れたりして心細いな、そらいつか此の露路で指きりしてちゃあんと約束したじゃないの、もし入学試験に私が落第しても敏ちゃんが落ちても、ふたりとも運命を共にするって、自分一人受かったからってのこのこ女学校へ行かずに高等科へ一年行って来年又受けるか、外の女学校へゆくかって――ちゃんとあんなに約束したじゃないの!」

照ちゃんは其の約束を忘れかけた敏ちゃんを睨めつけるように言いました。

「ああ、その事私ちゃんと覚えているわ、だからどっちが落第しても二人分の運命にかかわると思うから、私達どうしても実力付けなくちゃ駄目よって毎日言ってんじゃないの?」

敏ちゃんは泣き出しそうになって必死と実力説で照ちゃんを勉強させようとお説教するのでした。

「そりゃあ、誰だって落第するの好《すき》な人ってないわ、私だってとても一生懸命で勉強してるのよ、でも運ってことがあるわね――」

照ちゃんは又もや運命説をかつぎ出すのです。

「嘘、運じゃないわ、実力よ」

ふたりは言い争っても、照ちゃんはいつも遊ぶ時は敏ちゃんをリードしていて、なかなか強情できつい子ですから敏ちゃんは叶いません。それに春とは云えまだ寒い外にいつまで立って口争いしても、感冒を引くぐらいですから敏ちゃんも、

「運だの実力だのって言っているうちに早く勉強しましょうね、さよなら――」

と別れてお家へ入りましたが――さて敏ちゃんは心配でなりません。というのは――あの約束を守るとしたら――それは一大事だからです。照ちゃんがもし目的の女学校に入れなければ、敏ちゃんだけが譬《たとえ》受かったにしても、それこそ悲しい運命を共にして自分も折角合格したのに女学校に通うのは不人情になるのですし、第一約束は約束――と思うと、ああとんでもない大変なとても実行出来そうもない約束をしてしまったと、たいそう後悔してしまったわけです。

いっそ、そんな莫迦げた約束は取消してしまおうかと思っても、そしたらどんなに

照ちゃんが怒って当然絶交と言うかも知れないとも怖れます。でも絶交されてもいいから、落第坊主のお仲間入りはごめんだとも思います。いったいどうしていいのか、気の弱い敏ちゃんはすっかり煩悶してしまいました。この上はただ何卒無事に照ちゃんも運よく合格する事を神様に心からお祈りするより仕方ありません。それにしても肝心の照ちゃんが実力を付ける為に努力奮闘しようともせず、すぐ「運不運だわ」など言うのは心細い次第で敏ちゃんは気が気でないんです。

そうして敏ちゃんが照ちゃんの分まで気をもんだり心配したりやきもきして居るうちに、どんどん日は経って、眼の前にその入学試験の日が来ました。

学術試験が第一日、それから口頭試験と体格検査が第二日目です。その試験の日、鶴と雁と雉の三羽は翅を揃えて、その女学校の入学試験場へ出かけるのです。もし三人とも首尾よく受かれば、こうして毎日出かけられるわけなのですが――此の三人の付添いには御近所のよしみで、敏ちゃんのお姉さんの春代さんが父兄を代表して参ることになりました。初めは照ちゃんの兄さんも妹の一大事と行く筈だったのですが、「女の子ばかりたくさん居るとこ、男の癖に行くなんてきまりが悪いや」とはずかしがって行かない事になりました。久美子さんのお母様もお挿花のお稽古がありますので、一日お家を明けられず、それに久美子さんが「私大丈夫よ、一人でも試験ちっとも恐ろしくありませんわ、どうせ答案お母様に手伝って戴くわけにはゆかないのですもの——」と雄々しくもこれは一人で付添いなしで行くつもりでした。それで、敏ちゃんの姉さんが三軒を代表して大責任を帯びて三人の小さき受験生に付き添って行くことに決ったのです。

さて一行四人がいよいよ試験場目がけて出立となりました。

「今朝梅干のお茶召し上って」

久美子さんが言い出しました。

「いいえ、何故?」

照ちゃんも敏ちゃんも問いました。

「旅行に出立したり何か初める時の朝は梅干のお茶飲むといいんですって、うちのお母様今朝そう仰しゃってお茶に梅干入れて下すったのよ」

久美子さんが説明しました。

「天神様と梅の花はつきものですから、それで梅の実も縁起がいいのね、天神様は学問の神様ですもの——」

春代姉さんが仰しゃいました。

「あら、大変よ、私梅干のお茶のまなかったもの、縁起が悪いわ」

照ちゃんがとんきょうな声を張り上げました。

「大丈夫よ、実力さえ有れば——梅干のお茶飲まないだって——」

敏ちゃんはその意気でした。

二人と一人

三人の入学を望む女学校の正門近くの植込には、沈丁花《ちんちょうげ》が低く群がって早春のうす冷たい空気のなかに匂い渡って咲いて居ました。

これから運よくここの生徒になれて毎年此の花の匂いをかいで、入学試験当日の思い出に浸れる様ならほんとに仕合せだと三人とも言い合って、その花の前を見返りながら過ぎました。

学校のなかはこれらの小さき受験生の心配そうな昂奮したような悩ましい顔でいっ

ぱいでした。それにたいてい受験生一人に一人付添いのお母さんやお姉様達が付いて居るので、大小とりまぜて、その賑やかな事まるで何かのお祭りみたいな人出でした。

「ずいぶん、とても大変ね、こんなにたくさんのひとが、みんな自分だけは入学したいと思ってるんだもの——」

照ちゃんは呆れもし少し悲しくもなって敏ちゃんに申しました。

「ほんとねえ、そして、みんな実力は有るのかも知れないわ——」

気の小さい敏ちゃんは、これは少し位の実力では叶わないと思って、やはりそうなると運と言う事もあるし——とだんだん臆病になってしまいました。

「こんなに大勢の中から競争に勝って合格すれば、それだけ嬉しくって今まで勉強した張合いがありますのね」

久美子さんだけは、悠々と落付き払って言うのです。だが照ちゃんも敏ちゃんも受験の教室へ入る前にもう胸をわくわくさせて、すっかりあがってしまいました。

「しっかり落付いてね、いくら出来たと思っても念の為出す前に答案よく何度も見るんですよ」

春代姉さんは三人によく言って聞かせました。そう言う言葉は付添いの人達が皆同じ様にめいめい言って聞かせて居るのです。なかにはどこかの神社のお守札を渡して、「さあ、これをしっかり拝んで――」などと云うお祖母様が孫の付添いに来てらっしゃるのもあります。

やがて時間が来ると幾つもの教室に受験番号の順に整列して皆は入ってゆきます。照ちゃんと敏ちゃんは一緒に同じ時に入学願書を出したので、二人とも同じ教室でしたが、でも机は二人同じ列ではありません。前から三側《かわ》目のおしまいの机に照ちゃんが、そしてその反対の窓ぎわの四列目の初めの机が敏ちゃんの席でしたから、二人の距離はただ一つの番号の差で教室の巾だけ遠くなったのでした。それに今までの小学校の二人ならびのお机と違って此の女学校へ来ればお机は一人一つで独立的でした。そして前を見ても後を見ても横を見ても知らない外の小学校の人ばかり、どれも飛切りの優等生のお顔に見えます。同じ小学校から来てる人は照ちゃん敏ちゃんの二人と外に四五人ちらほら見えますが、皆胸がドキドキの連中です、外にも同じ小学校の人が居るのかも知れませんが、それはちがう教室へ入ったのでしょう。それに久美子さんは照ちゃん達より遅れて入学願書出しましたから、ずっと後の教室へ入って行ったのでした。

敏ちゃんと同じ教室のなかだった照ちゃんは、時々向うの窓ぎわの敏ちゃんを心細そうに見たり鉛筆をなめたりして居ましたが敏ちゃんは無我夢中でした。（実力実力）きっと心の中でこう言い続けて、配られた問題紙を睨めつけて答案の紙にまず受験番号や名を書くのでした。

――さて、かくて、その受験第一日は終りました。

「どうだったの？」

三人の成功を祈りつつ待って居た春代姉さんに問われて、照ちゃんは真先に「今日は運がよくなかったわ、だって大丈夫出ないと思ってよくおさらいしなかったとこ出たんですもの」と申しました。

「私夢中でどれほど出来たか自分でわからないわ」と疲れた様に敏ちゃんが申しました。

「私達より出来る方が、あんまりたくさんいらっしゃれば駄目ね、でも私達より出来ない方がたくさんいらっしゃれば私達入れますわ」

久美子さんが申しました。三人の運命を一緒に私達と達を入れるのを忘れません。

それから次の第二日目。口頭試問と体格検査でした。昨日のように春代姉さんに付き添われて又出かけました。

「私今朝は梅干のお茶と生玉子二つも飲んだのよ」照ちゃんが大変な勢いでした。

「照公うんとがんばれ！」田中屋の店先から照ちゃんの兄さんが声援して見送ります。

「久美子をよろしくお願いいたします」久美子さんのお母様が露路口まで出ていらっして見送りながら春代さんに頼みます。

そして再び昨日の女学校へ——さてその日もどうやら無事に済んで、暫く間をおいていよいよ合格不合格発表の日となりました。

「もし落第だったらはずかしいから三人でそっと見に行きましょうよ」

敏ちゃんがこう言い出して、今度は付添いなしで三人だけで朝早く発表を見に行きました。

雨天体操場兼全生徒の控え室の広い場内の正面にずらりと合格者の名を記した紙が横に長々と百何名か張り出されて居ます。その前にはもうたくさんの人だかりです、その日も付添いと一緒に来ている人がたくさんあります、もし落第した時泣き出しても慰さめ手のある様に付いて来て貰ってるのかも知れません、又お母さん達も御自分の眼で確に娘の名を見出すまでは心配で心配でならないので見にいらっしたのもあります。

さて――三人共に轟く胸を高鳴らせて合格者の名を初めから読んでゆきました。受験番号順で発表されているのですが、ともかく自分の名を見出すまで気が気でありません、やっと中程に、福澄敏子――まず敏ちゃんが確に合格していました。

「ああ……！」一種異様の叫び声をあげて敏ちゃんは思わず照ちゃんにかじり附きました。

「おめでとう敏子さん」

久美子さんはまだ自分の名は見つからないのですが落着いてお友達にお祝いを言うのを忘れません。

「私――私はどうかしら？　早く見つけてよ」

照ちゃんは敏ちゃんの名が現れたので受験番号の近い自分も直ぐ出ている筈と思うともう胸は早鐘を打つようです。

（神様どうぞ照ちゃんの名も書いてございますようにお助けを！）

敏ちゃんは心の中で手を合せて友の為に祈りつつ順々に照ちゃんの名をと血眼で探してゆきましたが、まだその名の現れないうちに、宗像久美子――という名にぶつかりました。

（あの久美子さん！）敏ちゃんが声をあげました。

「ああ私――」

久美子さんはにっこり笑いました。（照ちゃんは？）こうなると合格した二人も照ちゃんのことを心配しました。そして首の痛くなるほど上を仰いでおしまいまで照ちゃんの名を探しましたが、とうとう最後の一人へ来ても遂に田中照子という名は見出せませんでした。

「きっと慌てて見落したんですわ、もう一度落付いて叮嚀に見ましょうよ」

久美子さんがこう言って照ちゃんの失望をふせいで初めから名を順々に見ることにしました、然し二度見たがやはり照ちゃんの名は何処にも有りませんでした。もうその時は照ちゃんはがっかりしてうつむいて口を利かなくなりました。敏ちゃんは自分の合格した喜びも何処へやら――これも元気なく蒼ざめてしまいました。（ああこんなことなら、いっそ三人お揃いにいさぎよく落第してしまった方がよかったのに……）とさえ思って敏ちゃんは悲しくなりました。

「いいわ、来年こそきっとお受かりになることよ！」

久美子さんが仕方なく困った様に慰さめましたが、これも又自分の合格の安心に引きかえ、大家さんの娘の照ちゃんの落第は気の毒でならないのです。

これが三人共に合格したのなら手に手を取ってわあわあ騒いではしゃいで元気よくお家へ報告に帰れるのですが二人は受かれど、一人が落第とあっては、やはり寂しくしょんぼりしました。そして三人黙って校門を出ますと、

「私やっぱり運が悪かったのね」

と初めて照ちゃんが悲しそうな声を出しました。敏ちゃんは胸がいっぱいになりました。

そして家の前へ辿り着いた時、久美子さんは「では、さようなら、私お母様にお知らせするわ」とお家へ帰りましたが、照ちゃんは自分のお家へ入る勇気もなくしょげて立ち止りました。すると敏ちゃんは照ちゃんの肩に手をかけて、

「いいわよいいわよ、照ちゃん私も約束したようにきっと一緒に高等科に残って来年又受けるわ」

と思わず同情して言ってしまいました。実はさっきはその約束を実行する事は、とても苦しく悩んだのですが、こうしてあまりに哀れな不運の友の姿を見ると敏ちゃんは友情の誓いの為に進んでそうしようと心から決心したのでした。

「おい、どうした？」田中屋の店先から照ちゃんの兄さんが声をかけました。

「さあ、お家へ入りましょうよ、私送ってゆくわ」

敏ちゃんは自分の合格を知らせに行くのも後にして悲しき友を送って田中屋へ入りました。照ちゃんは一人では入ってゆく勇気がないと思ってかばって一緒に入ったのです。

「照坊どうだったい」お父さんもお母さんもお店へ出て来ました。すると照ちゃんは今まで堪えに堪えて居た涙が破裂した様に一度にわっと泣き出しました。それがお家へ今日の報告の代りでした。

さては落第！　とすぐお父さんは覚りました。

「駄目だったか。可愛想に泣くな泣くな」お父さんは叱らないで慰さめました。

「だからもっと勉強すればよかったのにねえ……」

さすがにお母さんは悲し気でした。そして敏ちゃんの方を見て、「敏ちゃんはよかったんでしょう」と羨やまし気に問われて敏ちゃんは申しわけのないように肩身をせまくして「はい私よかったの、だけど照ちゃんがいけなかったんですの、小母さん私も悲しいわ」と眼鏡を涙で曇らせました。

「おお、それはよかったこと、敏ちゃんの亡くなったお母さんも草葉の蔭でお喜びよ、早くお家へ帰ってお父さんや姉さんにお知らせなさいよ」

と我子の落第を悲しみつつも隣りの母のない子の合格を喜ぶ親切な田中屋の小母さんでした。

「敏ちゃんが気の毒がって照坊を連れて入って来たんだね、ありがとうありがとう」

田中屋の小父さんもお礼を言いました。

「照ちゃん、もう泣かないでね、私又ここへ来るわ」

こう言い置いて敏ちゃんはひとまず隣の我家へ馳け込みました。

「なんでい、うちの照ちゃんを入れない女学校なんて火事で焼けちまえ、人ばかにしてらあ！」

照ちゃんの兄さんは妹に同情のあまりぷんぷんしていまにも女学校を焼打ちに押しかけそうに怒りました。

友情の涙

福澄の二階の一間、敏ちゃんの勉強部屋では敏ちゃんが姉さんの春代さんの前でしくしく泣きじゃくって居ます。目出度く合格した子が何故泣くのでしょう――か?

「敏ちゃん、そんな莫迦な約束何故したの、いやなひとね、外のこととちがって学校にあがれるとあがれないとは大変なことじゃないの! 折角入学出来てお父さんも姉さんもこんなに喜こんで居るのに、照ちゃんが落第したからって自分も入学をよして来年又受けるなんて――とてもお父さん許しっこないわ、そんな約束は田中屋の小父さん達だっていけないって言うにきまってるわ、ね、だから照ちゃんには姉さんからよくお話するから、そんな約束守るのはおよしなさいね」春代さんはこう言って居るのです。

「だって――だって――それじゃ友情を裏切るわ、照ちゃんを見すてては可愛想だわ……」

敏ちゃんはこう言って又泣きじゃくるのです。――此の問答でもわかるように、敏ちゃんは合格の喜びをお家へ知らせると共に、姉さんに照ちゃんとの約束を打明けてしまったのでした。すると春代さんは吃驚して今いさめて居るところなのです。姉さんにいくら叱られても敏ちゃんは照ちゃんの今日のしおれた姿を思い出すと約束を破って自分ひとり嬉しげに女学校に入学する気になれず、さりとて――と煩悶して泣き出してしまったのでした。

その時あの露路から「敏ちゃんいる?」と呼ぶ声がしました。それはまさしく照ちゃんの声です、どうもいつもより元気のない呼び声です――

「あら照ちゃんが呼んでるわ、私一寸行って見るわ」

敏ちゃんは泣き顔を拭いて立上りました。照ちゃんが私を呼ぶのは、いよいよあの約束の実行をうながす為に呼ぶのだと想像した敏ちゃんはその覚悟で露路へ出てゆきました。春代さんはその妹の後姿を見送りながら「さてさて困ったことになったわ、私も露路へ出て照ちゃんによく話をきききわけて貰おう」と思って、これも妹のあとからこっそりと露路まで出てゆきました。

照ちゃんの呼び声に急いで、いつもの二人の遊び場所の露路へ出て行った敏ちゃんは、そこに泣き腫れた眼をした照ちゃんと会いました。

「あら敏ちゃん泣いたりして、どうしたの、貴女は合格したんじゃないの?」照ちゃんが不思議がりました。

「少しお腹いたかったのよ――」敏ちゃんは(あの約束で姉さんに叱られたの)と言うのは照ちゃんに気の毒なので、そんな小さい嘘を友情の為につきました。

「あのね、敏ちゃん、いつかの約束のことね――」

と照ちゃんがいよいよ言い出しました。その実行を誓わせる為に照ちゃんは何か言うのだと敏ちゃんは思って、

「えっ約束は忘れないわ」と言いますと、

「あんなへんな約束私取消すわ、だから敏ちゃんは久美子さんと女学校へ行ってね、私にかまわないで――」

照ちゃんはいきなりこう言うのです、「え?」敏ちゃんの方が吃驚しました。

「だって自分が落第したからって、合格した人まで学校へ行かせないなんて悪い約束はいけないと考えたのよ、だから敏ちゃんに早く安心させようと思って私呼んだのよ」

照ちゃんが又こう言うと、

「でも、久美子さんと二人ここから女学校へ通って照ちゃん一人はぐぬけになれば寂

しくない――私だから姉さんにいくら叱られてもあの約束守るつもりでほんとはそれで泣いてたのよ」敏ちゃんが心のなかを打明けました。

「まあ、敏ちゃんそんなに私との約束大事に守ろうとして呉れたの、敏ちゃんの心忘れないわ……だけどいいのよ、私一人はぐぬけで寂しいけれど仕方がないわ、でもこの露路で又毎日遊べるわね……」

照ちゃんが涙ぐんで言うと敏ちゃんはぽろぽろ涙が眼鏡の下からこぼれました。

「照ちゃん！　私いつだって仲よく遊ぶわ、学校は別れ別れになってもやっぱり友達は友達よ、変らないわ……」

「敏ちゃんほんとによ！」と照ちゃんも泣きました。そして二人は感激して抱き合って暫く泣いてしまいました。

その時、その露路に面する福澄の板塀のなかでも、この二人の少女の友情と涙の言葉をひそかに立聞した春代さんが妹たちの少女心に打たれて思わず我眼にも溢れる涙を拭いているのでした。

夢と現実

照ちゃんと敏ちゃん二人とも小さい時からの親友だったのが、そこへ久美ちゃんが照ちゃんのお家の借家に引越して来て三人の友となり、それが女学校入学で、二人と一人学校の運命が別れました。敏ちゃんはその夜お床のなかに入ってからも照ちゃんのことばかり考えて居ました。

小さい時からほとんど赤ちゃんの時から隣同志でふたりは仲よしの運命に結ばれていたのです。

いつとなく椿の花の如くにも
つながれて居し君とわれかな

敏ちゃんはいつか与謝野晶子先生のお歌の一つを読んだ時、そう思いました。落椿を子供が糸で輪に通すように、照ちゃんと敏ちゃんの二輪の椿の花は運命の糸につながれているのだと――だのに、どうでしょう折角小学時代までずうと一緒だったのが、今度の女学校入学では別々になってしまうのです。

敏ちゃんは目的の女学校へ入れたのですから、まずいいけれど照ちゃんは可愛想に――それもお裏へ此間越して来た久美子さんも敏ちゃんと入れたのに、照ちゃんばかり落ちたのですから、どんなに悲しくやるせないでしょう。

可愛想な照ちゃん！　敏ちゃんは涙ぐみました。照ちゃんとはあんなに約束して指切までした事――どっちか落第したら必らず同じ運命に殉ずるという約束――けれども照ちゃんは自分が落第したら、いさぎよく其のお約束を自分から取消したのですもの――なお照ちゃんが気の毒でなりませんでした。

照ちゃんは実力よりも運よなど、あんまり言うからいけなかったのだわ、でも、もしかしたらやっぱり運が悪かったのかも知れないわ。――そんな事を考えつつ、いつかうとうとと敏ちゃんは寝入りました。

すると間もなく――あの露路の方で「敏ちゃん！　敏ちゃんちょっとたいへんよ」と呼ぶ声がします。その声は照ちゃんです。

（まあ、どうしたのかしら？）敏ちゃんは吃驚して飛び起きて、夢中でどんどん裏木戸へ出て行きますと、照ちゃんが眼をぎらぎらさせて立って居ます。

「照ちゃんなあに？　どうしたの、なにが大変なの！」

敏ちゃんは息をはあはあ言わせて問いました。

「敏ちゃん、とってもたいへんなのよ、私入れたのよ、あの学校に――私ね、もう一人の順で入学出来たのよ、そしたら一人が外の女学校に入学出来たんで、あの学校の入学取消になったんですって、その通知が今届いたのよ――」

照ちゃんは今までの元気のなさを、すっかり取り返して日頃の快活さに百倍して燃え上るような意気込みでした。

「まあ、ほんとう！　とても素敵ねえ！」

敏ちゃんは踊り上って、いきなり照ちゃんにしがみつきました。さっきあんなに照ちゃんのことを心配していただけに、思いもかけず、そんな吉報を聞いて嬉し涙の出るほど、ほんとにほんとにうれしかったのです。

「早く久美子さんにも知らせましょうよ」

敏ちゃんは、すっかりはしゃいで照ちゃんと手を組んで久美子さんのお家の入口で、

「久美子さん久美子さん」

と大声でふたりで夢中に呼んで居るうちに、不思議にも久美子さんのお宅も露路の塀もすうと消え失せてしまいました。

（あらッ、どうしたのかしら？）

敏ちゃんが吃驚して、きょろきょろまわりを見廻すと、いつの間にか照ちゃんの姿さえ、どこへ消え失せたのか影も形もございません。そしてそこには敏ちゃん一人ぽつんと取残されてしまったのです。いったいどうしたのかと敏ちゃんは心細く泣き出しそうになって、

「照ちゃん、久美子さん！」と呼びつつ馳け廻りますと――

「敏ちゃん敏ちゃんどうしたの、そんなにうなされて」

と隣に寝ていた春代姉さんが敏ちゃんをゆり起すのでした。

「ああ夢だったの、つまらないわ――」

敏ちゃんはお床の上に起き上って、しょんぼりしました。

「まあ、どんないい夢だった――」

春代さんに笑って問われて敏ちゃんはついさっきの夢のお話をしました。

「あーら、そう、でもその夢が正夢だったら、きっと照ちゃんはその夢みたいに、あ

すこへ入学出来てよ」

姉さんにこう言われて敏ちゃんは自分の今宵みた夢のどうぞ正夢なれと祈りました。

そして、此の夢のお話はその翌朝早速露路で照ちゃんに報告されました。

「夢の反対だと困るわね」

照ちゃんは今度の痛手ですっかりしょげて、日頃の快活な楽天家らしい子ではなくなりました。

「だから神様にお祈りするのよ、どうぞ夢のようにして下さいって――」

敏ちゃんが申しますと、照ちゃんは首を振って、

「それより私、入学試験に落第したってのが夢だったらいいと思うわ――そしてほんとは入学していたってことになりたいなあ」

と少し虫のいいことを申しました。

「照子さん、そこにいらっしゃるの?」

と久美子さんが木戸から声をかけて出て来ました。久美子さんは照ちゃん敏ちゃんを子をつけてさんと呼びます。

照ちゃんも敏ちゃんも二人だけだと少し乱暴な男の子みたいな口調になったりふざ

けたり笑ったり自由に振舞えますが、ごく最近お友達になったばかりの久美子さんが一人加わると、つい二人も少し窮屈な感じでお行儀をよくして、よそゆきの態度と言葉になったりするのです。それが最も甚しいのは敏ちゃんです。

「久美子さん、お早うございます」

などと、叮嚀にお辞儀いたします。それを傍で見る照ちゃんは（敏ちゃんたら、いやアねえ、まるで学芸会の対話みたいにきちんとした言葉を使って——）と思って少ししゃくにさわるのです。

「お早うございます。あのね照子さん、うちのお母様のお友達が先生していらっしゃる女学校があるんですのよ、そこは小学校の成績考査と口頭試験だけで入学出来るので、今からも間に合うかも知れないから、その学校へいらっしゃる様なら御紹介するって言ってらっしたわ、いかが？」

久美子さんが大人びたもの言いをしました。

照ちゃんは暫く黙って何んとも言いませんでした。何故なら照ちゃんには万一の正夢の希望もあるのでしょう——

「そう、でも、もし敏ちゃんの夢みたいになった時困るわねえ、そこへ入ってしまえば……」

照ちゃんは久美子さんへ御返事するよりも敏ちゃんの方へ相談しました。

「だって、その時は私達の学校へ来ればいいじゃないの、ね照ちゃん」

敏ちゃんはもう断然（私達の学校）という言葉を使いました。

「夢って——なあに、私にも教えて下さらない」

久美子さんが夢の事件を聞きたがるので、敏ちゃんが、いとも叮重な言葉で自分の見た夢のお話をいたしました。

「あら、ほんとにそうなるといいのねえ、でも——」

久美子さんは賢こい眼をきりっとさせて、

「夢はゆめでしょう、やっぱり、現実でそうなるかどうかわからないでしょう」と言い出しました。（現実）など申す大人の言葉を久美子さんは少しの不自然もなく使えるのです。

「ええ、そうですわ、やっぱり夢と現実は違いますわね」

敏ちゃんまですっかり久美子さんの口真似です。それを聞く照ちゃんがたいへん感情がおだやかでなくなりました。昨日は敏ちゃんとの重大な約束を自分で破ってもいいと申し出て、敏ちゃんを感激せしめ二人抱き合って泣いたほど友情の最高潮に達したのですが、それが夢の問題にまでなり、その夢の正夢ならん事を二人で祈ろうとしている時、忽ち現れた久美子さんが（夢と現実は違いますわ）と言えば直ぐそれに賛成する敏ちゃんの態度がどうしても照ちゃんには気に入らないのです。

二人で組んで私一人をのけ者にして、落第したと思って莫迦にして、そして無理やり外のちがった学校へあげてしまおうと思って……

ともすれば落伍者の持つ悲哀とひがみが起きやすいのも無理がございません。照ちゃんはツンツンと歩き出しました。

「いいわ、私お父ちゃんお母ちゃんや兄ちゃんに聞いて見るから――」

と、久美子さんと敏ちゃんを露路においてけぼりにしてお家へ帰ってしまうのです。お父ちゃん達に聞いて見るからと言う口調はまるで此の場合、（いいつけてやるから）という風にさえ響くのでした。

あとに残された久美子さん達にも、どうやら照ちゃんの感情を害した事がわかりましたが、何故そんなに照ちゃんが怒ったのか――ふたりにははっきりわかりません。

「照子さん御機嫌がお悪いのね……」

困った様に久美子さんが申しました。

「やっぱり私達と同じ学校がいいと思うのですもの……」

敏ちゃんは照ちゃんの不平に同情したものの、さて昨夜の夢がほんとにならない限りどうも其の実現はむつかしいのですから、敏ちゃんも暗い顔をしました。たしかに敏ちゃんは自分の入学出来た喜びの半分を照ちゃんの落第の為に失なった気持なのです。

理想と現実

さて照ちゃんは――お父さん達と相談の結果やっぱり久美子さんのお母様が親切に言って下さる或る女学校へ紹介して戴き入学願書を出すことにしました。田中屋のお父さん達もこの近くで三人揃って女学生になる方がいいと思われたのでしょう。

そして敏ちゃんと久美子さんの女学校の入学式があって二人はその日からそこの生徒として登校しましたが、照ちゃんは別でした。

とうとう敏ちゃんの夢は要するに儚ない夢に終って、いつまで待っても照ちゃんの許へ補欠で入学出来る通知は参りませんでした。つまりその学校で誰も入学を取消した人は居なかったのです。

然し照ちゃんは幸い久美子さんのお母さまの知らせて下すった女学校に入学出来たのですし、まずまずどうやらこれで三人の入学騒動は終りを告げました。

「みんな女学生になったお祝いに三人に御馳走するよ、兄さんが」

照ちゃんの兄さんの栄吉さんが言い出しました。

「どんなお祝いの御馳走するの?」

「双葉ずしへ三人連れて行って、たくさんたくさんお腹のはち切れるほど食べるのさ――」

「ハハハハハハ」

照ちゃんは栄吉兄さんらしい思い付きに大笑いで賛成しました。その町内の角の双葉ずしは照ちゃん兄妹にもお隣の敏ちゃんにも子供の頃からのお馴染のおすし屋さんでした。

それで、それから近い日曜日のお昼に照ちゃんは敏ちゃんと久美子さんとを誘って双葉ずしへ行く事にしました。その相談を受けた時敏ちゃんは心配そうに言いました。

「だって久美子さんゆくかしら、おすしやへなんか――きっと行儀がいいから行けないわ、それよりおすしたくさんお家へ取ってお祝いした方がいいわよ」

それを聞くと照ちゃんはぷっとふくれてしまいました。敏ちゃんが何かと言えば（久美子さん久美子さん）ってまるで人間が別のようにお姫様扱いするのが、どうもしゃくに触るのです。久美子さんって、そも何者ぞ要するに私ン家の店子の子じゃないの――だのに敏ちゃんが此頃ばかに特別扱いして向うへばかりくっついて――照ちゃんは憤慨せずには居られません。

「久美子さんが行けなければいいわよ、敏ちゃんとふたりきりで、うちの兄さんの御馳走になればいいじゃないの」

照ちゃんはツンツン言いますと、敏ちゃんはますます困った様子で――

「だってもう女学生になったんですもの、おすしやへなんか入らない方がいいと思うわ」

そう言われると照ちゃんはますます御機嫌を悪くしてしまいました。前には此の町内のお祭の時など敏ちゃんと二人きりでおこづかい持で双葉ずしの店へ入る冒険をして、しかもあすこの店先のおすしを握る前の板にならんでいるおすしを背のびして取って食べたり大人の真似をして喜こんだ昔もけろりと忘れて、(もう女学牛だから)とお上品ぶってお澄《すまし》して——折角うちの兄さんが御馳走するのに行かないとは、ああ口惜しい、それも久美子さんと二人で私を落第坊主だと思って軽蔑するからだわ、考えると照ちゃんはどうしても口惜しくてならないのです。

「いいわよ、みんな行かなければ私ひとりで行くから——」

照ちゃんはぐんぐんお家へ戻ってゆきました。今までは二人の交友クラブのようだった露路も此頃は悪化して、どうも二人で少しお話していると直ぐ照ちゃんはぷんぷんしてお家の中へ入ってしまう様になりました。

照ちゃんがひどく怒った様なので敏ちゃんも困りました。そしてそっとその露路続きの、つまり田中屋の裏手の久美子さんの住居の木戸の前へ行って、「久美子さん、久美子さん」と声をかけますと、「はい、誰方《どなた》?」とすぐ久美子さんが出て来ました。もう此のふたりは同じ学校の同級生ですから、顔が合うと久美子さんは馴々しく、

「敏子さん、いらっしゃいな、こちらへ」

とお家の中へ招きますが、敏ちゃんはまだ少し遠慮で入口でもじもじしながら申し

ます。

「あの、照ちゃんの兄さんが三人女学校へ入学出来たお祝いにおすしや連れてゆくって言うんでしょう。でも久美子さんいらっしゃらないわね」

敏ちゃんは自分の想像通りきっと行く筈は無いと信じて言ったのです。

「あらそう、おすしやへ行くの、面白そうね、私お母様に伺って来るわ、一寸待って頂戴」

意外、久美子さんは嬉しそうです。そして直ぐ引返して来ると「お母様が折角のお招きだから敏子さんと御一緒に行ってらっしゃいって仰しゃってよ」と報告しました。

お家のお座敷では久美子さんのお母様がお花のお稽古を教えていらっしゃる時間で、姿は見えませんが、久美子さんはお許しを得たので今にも出かけそうです。

「あの、だけど私言ったの、女学生になったらおすしやへなんて行かない方がって、そしたら照ちゃん怒ってしまって……」

敏ちゃんは久美子さんが行くと言うのですもの、今更照ちゃんを怒らせたのを後悔しました。

「ホホ……でも照子さんのお兄さんが連れていらっしゃるのならいいでしょう、私達だけで行くのはいけないけれど――」

久美子さんに言われると、なるほどなるほどと敏ちゃんは思いましたが、さて困った事にさっき照ちゃんをあんなに怒らせてしまったのに、又連れて行ってと言い出すのは、きまりが悪い話です。ところが敏ちゃんは利口ですから考えました。

「久美子さん、では照ちゃんところへ一緒に行くって御返事しに行きましょう」

と久美子さんを引張り出して照ちゃんを呼び出しました。照ちゃんは名を呼ばれても御機嫌が悪くすぐ飛び出しては来ないでお二階の窓から「なあに」などとツンケンした口調で顔だけ出しました。

「照子さんありがとう、私お兄様の御馳走に連れて行って戴きますわ」

久美子さんが声をかけると照ちゃんの御機嫌は半分なおりました。

「そう、じゃあお昼にすぐに行きましょうよ」

と元気よく言いながら敏ちゃんの方をじろりと見て（さっきあんな事言ったけど、ちゃんと久美子さんゆくわよ）と言わぬばかりに一寸意地悪の表情を示しました。敏ちゃんもまったくその点一言もございませんから素直に、

「さっきはごめんなさいね」とあやまったのですが、でも自分の威厳を示す為に、

「私ゆかないつもりだったけれど、久美子さんがいらっしゃるから、やっぱり行くことにしたのよ」

とよけいな弁解を申しました。それがいけなかった、（まあ、すぐ久美子さんの真似さえすればいいかと思って）照ちゃんの折角なおりかけた御機嫌がまた逆戻り——でも、ともかく三人行くことを兄さんに報告出来てほっとして照ちゃんの兄さんの栄吉さんは町角の双葉ずしへ出かけました。

久美子さんはそういう町のおすし屋は珍らしいのでしょう、嬉しそうに土間の卓子に掛けました。

「私まぐろよりかん八の方が、さっぱりして好《すき》よ」

などと照ちゃんはおすしの通を振り廻してはしゃぎました。

「好なもの、たくさん註文して食べて下さいよ」

栄吉さんは妹や妹のお友達を連れて来て得意で一生懸命でおふるまいするつもりです。

「ねえ敏ちゃんもうせん、お祭の時初めて屋台のおすし立って食べて面白かったわねえ」

照ちゃんがおいしいおすしですっかりいい御機嫌で昔の思い出を話し出しますと、敏ちゃんは耳の根まで赫くして、

「わたしもう今そんなお行儀の悪いこと出来ないわ」

と言って、久美子さんにそんな昔の話が聞こえるのを困るようにするのです。

「お家で戴くよりおすしのお店で戴く方が面白いのね、だってああしておすし握るのがよく見えるんですもの」

と久美子さんは大満足で大きなお湯呑のお茶まで珍しがって飲むのです。

「江戸ッ子は握ってすぐのおすしでないと食べられないのよ」

照ちゃんは東京の下町生れですから大いに江戸ッ子ぶりました。そして久美子さんが珍しがって喜こんでいるのに敏ちゃんが今日たいへん気取っているのが気に入りません。

「うちの照ちゃんは目出度く落第して外の女学校へ入ってしまったけれど、でもお近くだから、学校以外おうちでは仲よく遊んでやって下さいよ」

栄吉さんが妹思いの兄さんらしく申しました。

「ええ私はいくらでも仲よくするつもりよ」

敏ちゃんははっきり宣言しました。

「学校ちがってもお家へかえれば同じお友達ですわ」

久美子さんは朗らかに声明しました。

「もう一生の一大事の入学試験もおしまいになったから、また露路で遊んでも大丈夫ね」

照ちゃんはこれから少しのうのうして遊べるのが楽しみなのです。それに彼女は入学試験を一生の一大事と考えたのです。これから先たくさんたくさん一生の一大事があるとも考えられぬほど照ちゃんにはあの入学試験は恐ろしい大問題だったのです。それに一度落ちてしまった事も一生の一つの事件のように思えたのでしょう。

「でも小学校みたいに呑気に遊んでばかり居られないのね、学課が増えて大変なのですもの」

敏ちゃんが少し優等生意識を発揮したのが、又照ちゃんの気にさわりました。（すぐ勉強勉強って出来るふりして、いやなひと）――どうも此頃の敏ちゃんの態度言動照ちゃんは気に入りません。それというのも同じ学校へ入れない自分を軽んじるのだと思うひがみが手伝います。然し敏ちゃんはいったい気が小さいのですから、ほんとに女学生になったら勉強しなければならないと真剣に考えているのです。

「よく勉強すること、そして三人仲よくする事、この二つが私達の理想ね」

久美子さんはませた事を言います。よく勉強する事はともかく、三人仲よくする事の理想は果して実現出来ましょうか？　敏ちゃんと照ちゃんは今までお神酒徳利みたいに二人ならんで小さい頃からあんまり仲よしなので、今かえってしっくり合わなくなると気持がこじれてしまうのですもの、すでに照ちゃんは敏ちゃんに妙に反感を抱いて居ます。又敏ちゃんは今までのように照ちゃんにリードされる気弱い友達とちがって来ました。眼鏡をかけた優等生意識で新しいお友達の久美子さんにむしろリードされているように照ちゃんには思えるのですもの……。

でも久美子さんはその二人の中に新しく加わった友達だけに、前からのつながりが有りませんから、かえって朗らかに自由に振舞えるのでした。

でも双葉ずしで誓い合ったように三人はともかく仲よしを続けました。登校する毎朝も誘い合せて、照ちゃん一人は途中から別れて自分の学校へゆく為に省線の駅の方へ出るのです。

此の三月までは久美子さんがそうして元住んでいた近くの小学校へ行ったのですが、

それが四月からは反対で久美子さんと敏ちゃんが同じ学校へ行き、照ちゃんが一人ぼっちになって道の途中から別れるのです。その後姿を見ると敏ちゃんはなんとなく照ちゃんが寂しそうで気の毒でした。

照ちゃんも寂しかったのです。でもお家へ帰ればお隣同志でいくらでも遊べるのですが――しかし学校が違うという事はいつしかおたがいの気分の共通を妨げるようにはならないでしょうか？　それに二対一で、同じ学校組が二人で照ちゃんがいつも一人では、やはり照ちゃんはひがみやすくなるのも無理ならぬ事でした。

思えば「三人仲よくする事」の理想も完全に実現することは、なかなか難かしいようでございます。

夏祭の思い出

桜の散った後の若葉時、吉例の夏祭の日が近づいて来るのでした。

その街のお祭の日は、敏ちゃんにとって幼いものごころ付いた頃から、ほんとに様々の思い出を二人共通に持たせる楽しい、そして悲しい日でした。

楽しい、そして悲しい日とは大変矛盾した言い方ですが、まったくそうなのです。楽しいと言うのは、お祭の日には二人とも手を取合って、町内の若い衆のかつぐ御神輿の列に入って行ったりした子供の頃です。小若連などと文字を黒々としるした小さな造花の付いた万灯を二人で買って貰ってお白粉をとてもおかしいほど、けばけばしく塗って黄ろいお揃いの襷《たすき》を友禅の袂にかけて白足袋はだしで、ふたりの女の子は、白鉢巻に小さい紺のはっぴを着た男の子達にまじって御神輿のわっしょいわっしょいにくっついて行ったものでした。

そしてお腹がへると子供の癖に生意気千万にも例の双葉ずしのお店へ飛び込みました。お店の狭い土間にお客がいっぱいで、ふさがって居ると、二人は大人の真似をして其の屋台の前に立って、勢いよくおすしを握っている双葉ずしの主人に、「小父さん、早く玉子巻のつくってよオ」などと言って、出来たおすしを背のびして、屋台の塗板から自分の方へころがす様にして指でつまんで食べたりしたものです。

日暮れの灯ともし頃になると、さすがのふたりも疲れて、すっかり汚れた白足袋はだしの小さい足許を引きずる様にしてお家へ帰るのでした。（また、あしたね）三日続く祭礼の日を毎日そうして遊ぶふたりでした。

でも此のふたりも小学生になってからは、もうさすがに御神輿の後のわっしょいわっしょいにくっついて歩きはしませんでした。御神輿が神社へ納まる時には敏ちゃん照ちゃんのお父さん達は紋付きを着て白い扇子をかざして若い衆の列の監督みたいになって神主さんを先頭に神社まで繰出しますが、敏ちゃんと照ちゃんはその混雑の御神輿の行列をよそに、ただお祭の街中を悠々と歩くだけでした。

お祭や縁日には出てならぶ露店の面白さ、その一つの露店に、とてもたくさん万年筆をならべて売っているのがありました。まるで学校の校長さんみたいに口髭など生した男のひとが万年筆を売るのでした。黒いエボナイトのてらてらとする立派そうな万年筆をもって、純金で出来ているようにキラキラ光る其ペン先ですらすらと字を書いて見せたり線を引いたりして見せて、

「さて諸君、この万年筆はそこらの文房具店でざらに売って居る安物とは、第一出来が違うんですぞ、外国船来のオノトやウォターマンにそっくりのペン先を我工場で多年苦心の結果製造したもので、このペン先の金は十八金。叩いてもなぐってもびくともしない、ね、この通り、どうです。どんなペン字の下手な人でも楽に書ける、この

軸のエボナイトは火に当てても熱湯に半日つけても色も変えない、こうしてぶっつけても折れもしない、こういう立派な万年筆だ。ほんとなら銀座の百貨店文房具のところにならべ立てたら、どうしたって一本五円から十円という価値がある、それを今夜に限って一本ただの五十銭で特に皆様へおひろめ宣伝のため二百本に限り売るのですぞ、こんな安くて立派な万年筆を今夜買い損ねたら一生又と手には入らない、明日はもうこの万年筆がほしくても、五円頂戴しなければ差し上げられない、そうなるといくら後悔したって追いつかない。買うなら今、今夜、此の瞬間、諸君愚図愚図せずに直ちに手に取り給え、代価はたった五十銭、嘘みたいに安いもんだ」

べらべらと節面白く説明して其の立派そうな万年筆を振りかざすのを、一人立ち二人立ち幾人も人がたかって眺めて居ました。敏ちゃんも照ちゃんもそのなかに入って見ていました。

「なるほど、これは安いよう、こんないい万年筆は初めてだ」

と立ってる見物人のなかから男の人が一人出て、その万年筆を取り上げて言いながら、五十銭銀貨をポンと一つ投げて買って行きました。すると続いて又一人出て、

「ホウ、これはいいなあ、家の子供達にも土産に買ってやろう、三本買うよ」

と三本買って行った人があります。

「敏ちゃん私達も買わない？」

と照ちゃんがその万年筆を欲しくなりました。ふたりともまだ小学校の下級生で万年筆は持っていなかったのです。でも大きな人の持ってるものは何んでも持たなくてはならないふたりでした。その頃の敏ちゃんと照ちゃんの理想は腕時計（銀でいいから）と万年筆を持つことでした。

腕時計はお父さんやお母さんにおねだりしなければ買って貰えない、だけど今夜のこの万年筆はたった五十銭。双葉ずしで一度か二度おすし食べるの我慢すれば買えるのだもの……と敏ちゃんも決心しました。

「小父ちゃん、私に一本頂戴」

まず照ちゃんが勇敢に声をかけました。すると、いかでおくれを取る可きと敏ちゃんも又買いはぐったら一生の損、後悔しても追いつかないという勢いで、「小父ちゃん私にも頂戴、書きいいの頂戴ね」と言いました。

「よし来た、いいの見つけてあげるよ」

と万年筆屋さんはホクホクして二本万年筆を手にとり紙の上にすらすらと、いかにも書きよげに字を書いて見せて、インキを含ませながら、ふたりの女の子にお世辞を言った。

「諸君、どうです、なんと感心じゃありませんか、まだかかる小さい可愛ゆいお嬢チャンがこの万年筆の良いのを早くも見て、子供ながらも一本ずつ求めるという心がけですぞ、女の子ならリボンや簪や紅白粉は欲しがるのが常――それを此の万年筆を特に買う気持、ありがたいね、そういう感心な心がけのお嬢チャンは必ず学校でも優等、成績は立派なものだ、受け合います。諸君女の子でさえ一本ずつ買うんだ、大の男がさっきから、ただボンヤリ見て買わないのは、チトどうかと思うね」

などと言いながら万年筆を一本ずつ箱に入れて包んで敏ちゃんと照ちゃんに渡しました。

敏ちゃんも照ちゃんも大勢人の居るなかで、そんなへんてこな褒め方をされて思わず顔を火玉の様に真赤にさせてしまって、慌ててレース編のお財布から五十銭出すと投げるように置きすてて後をも見ず逃げるように万年筆屋さんの人だかりから飛び出しました。ほんとに、はずかしくなってしまったのですもの――

ふたりはそれから、もうお祭どころではなく、早速照ちゃんの家のお二階へ入って、ふたりで紙の上に買いたてのホヤホヤの万年筆で字をかいて見ました。

「さっきの売る人のように巧く書けないわ」

敏ちゃんがそう言って先のヘナヘナの少しザラザラと紙に引っかかるようなペン先を心配そうに見ました。

「新しいから使いづらいのよ、いまに馴れるときっとよくなるわ、これうちの兄ちゃんのより立派そうよ」

などと照ちゃんは有頂天でした。

そして其の翌日学校へゆく時、敏ちゃんは学校鞄のなかの筆入れに入れてゆきましたが、照ちゃんは少し気取って、小さいセーラー服の上着の胸ポケットにちゃんと万年筆をはさんで、胸を張って出かけました。まだその頃小学校の級でも万年筆を持ってる子は、そうは居なかったのですから、照ちゃんの得意思うべし！

で、学校へ行ってから大自慢でお友達の前でノートに何か書き出してるとたん、これはいかな事、ペン先がギーギーきしんで、インキの出が悪くなり、まごまごして振廻したらばっとインキが一杯飛び出して、まわりのお友達の顔にとばっちりが飛び散って、「あら、いやよオ」と皆に叱られてしまいました。

「ペンの工合悪いのよ」と照ちゃんがしょげてペン先のところ指でつまんだら、ポロッと折れてしまったのです。

「あら、大変ね、万年筆って高いんでしょう、それ折っちまってもったいないのね」と皆に同情されては、今更これお祭の夜店で買ったのよとも申せず照ちゃんはすっかりきまり悪がって、こそこそと折れた役立ずの万年筆をかくしてしまったのです。

敏ちゃんの方は、あまり万年筆を見せびらかさずに置いたので、二三日は安全でしたが、これも又少しもよく書けずインキが一度にたくさん出たり出なかったりで駄目、そのうちペン先が曲ってしまうという始末で、

「いやアねえ、あのペン売った人嘘つきね、こんなもの買って後悔したわ」

と二人は顔見合せて嘆じました。こんなことなら双葉ずしで、たくさんおすしを食べた方がどんなによかったか知れなかった——と照ちゃんはあの万年筆屋さんを怨みました。

「バカだなあ、こんなものだまされて買ってさ——」

照ちゃんの栄吉兄さんに、こわれた万年筆を発見されて笑われた時、照ちゃんは「だって、大人のひとも何本もだまされて買ったのよ」と口を尖らして申しますと、「ハ

ハハハ、それはサクラさ、万年筆屋に頼まれて、お客になって買う振りして見せるのだよ、つまり同じ仲間さ――」と兄さんに、そんなお客の振りをするサクラというものを教えられました。

その翌年のお祭の時にも、やはり祭の夜店に例のあの万年筆屋が又も平気で出て居て、「今日は宣伝特売でただの五十銭、今日買い損ねたら永久にこんな万年筆は二度と手に入りませんぞ、諸君」と図々しく口上を申し立て居ます。

「憎らしいわね、あいつ又やってるわ」

照ちゃんは小さくとも、なかなかきかん坊ですから敏ちゃんの手を引いて、ぐんぐん万年筆屋の前へ立ちました。すると一人お客が手を出して「一本くれ」と言ったのです。その時照ちゃんはまわりに立って居る人達に聞こえる様に「あれサクラって言うのよ！」と大声で言うと、吃驚してる敏ちゃんの手を引いて、さっさと其処の人ごみを逃げ出しました。

「ああせいせいした、私去年だまされたかたき取ってやったのよ」

と照ちゃんは親のかたきでも討とった様にいばって歩き出しました。

――お祭の楽しく面白く滑稽な思い出は、このふたりにはその外たくさん有るのです。だが悲しい思い出は――

それは敏ちゃんのお母さんが夏の祭の宵亡くなったからです。

それも小学生の頃でした。いつも照ちゃんはふたり歩くお祭とて、誘いに行ったのですが敏ちゃんは元気がなくしょんぼりして居ました。それはもうお祭の三日目の最後の祭日でした。

「母さんたいへん悪いの？」

照ちゃんが心配そうに尋ねると、「ええ」と敏ちゃんは涙ぐんでうなずきました。

「照ちゃん折角お迎えに来て下すったのだから敏ちゃんも一寸出ていらっしゃいよ」と春代姉さんが小さい妹の気を引き立る様に仕度させて出すので、ふたりは毎年のように祭の気分にさんざめく街中を四つの袂を合せて歩きました。敏ちゃんもいつしか母さんの病気も忘れて面白そうに照ちゃんにくっついて歩き廻るのです。

日暮になると街通りのお店の前両側にずらりとならぶ絵行灯に灯がつくのでした。漫画のようなのが描いてあるのや、富士山や三保の松原の墨絵など絹の絵行灯の一つ一つを見て歩くのも楽しいことでした。絵の脇に書いてある歌や俳句はまだ小学生のふたりにはうまく読めませんでした。その中の一つに薄墨で三日月を掠めて飛ぶ時鳥の絵が書いてあり、その上にとてもくずした字で歌が一首かいてあったのですが勿論ふたりには読めません、でも絵がほととぎすですから、歌もそうだと思いました。ただ月影という字と、小山田の早苗の上になくほととぎすという字は、敏ちゃんが判断して読みました。外の絵には赤や青の色が付いているのですが、此の絵行灯の絹地は淡い墨絵でした。つくづく見れば三日月の影も寂しげに、その前を飛びゆくほととぎすの翅も消えるように寂しい寂しい絵です――ふたりはその寂しい絵の行灯の前を立去ろうとした時、ふっと其の行灯のなかの灯が消えました。街ならびの祭礼の行灯は皆小さい電球が一つずつ入っていたのですが、外の行灯の中の灯は消えないのに此のほととぎすの絵行灯のなかの電球は切れてしまったと見えて、ぽっつり一つ暗い行灯になってしまったのです。

三日月もほととぎすも、すうと暗の中に消えてしまって――灯のつかぬ絵行灯は侘しいものでした。ふたりはすぐそこをどいて外の色華やかな絵行灯を眺めて、間もなく我家の前へさしかかると、そこへ敏ちゃんのお店、福澄の小僧さんが急ぎ足でやって来て、敏ちゃんの姿を見るなり、いきなり敏ちゃんを抱き上げる様にして一散にお店へ連れて行ってしまいました。其あとに取残された照ちゃんはぼんやりして居ると、うしろから子供連のかつぐ可愛いい樽御輿の列がワッショイワッショイと騒がしくやって来るのでした。

その華やかな初夏の祭の宵をよそに、その夜福澄の奥座敷では敏ちゃんのお母さんが亡くなったのです。

哀しい思い出――夏祭の頃となれば、絵行灯の立ちならぶなかにも、あの墨絵のほとぎすの行灯の思い出と共に敏ちゃんには（母に別れた日）を新に思い出されるものでした。

でも年月はいつしか過ぎて、敏ちゃんも照ちゃんも今年から女学校に、多年の理想の腕時計も五十銭でない使える万年筆も持てる少女に成長しました。

その年の祭は？

例の三人倶楽部の露路で三羽組の三人が落合った時、照ちゃんはお祭の仕度のぽつぽつ初まる街通りを見て、

「今年はさんにんでお祭見て歩かない？」

と言い出しました。

「ええ、私うれしいわ、いままで郊外にばかり棲んで居たでしょう、だから街のお祭よく知らないんですもの、お祭のある街に棲んでいると面白そうですわ」

と久美子さんもその意味で、とてもお祭を楽しみに待ってるらしいのでした。

「でも子供の頃はお祭でも縁日でも、博覧会でもなんでも面白かったけれど、だんだん大きくなると、そういうもの、おいおいにつまらなく思えるのね」

敏ちゃんが言いました。敏ちゃんは女学校に入ったら俄然大人になったつもりで、もうお祭などに、さほどの感興が持てなくなったらしいのです。

「だって、やっぱり賑やかなもの、いつになったって面白いわよ」

照ちゃんはいやに此頃大人びる敏ちゃんに、いささかの反感を持って自説を主張致しました。

「そうね、子供の頃のようにはきっと同じ面白さではないわ、でも――街が綺麗に飾られたりして、時々はお祭もいいものねえ」

久美子さんが、二人の説の調和をはかって言いました。

「じゃあ、敏ちゃんもうお祭なんて見て歩くのばからしくっていや？」

照ちゃんが問いますと、敏ちゃんは首をふって、

「私そうでもないわ、照ちゃん久美子さんと御一緒ならお供するわ」

と申しました。（御一緒ならお供するわ）こう言う言葉つきが、なんとまあ気取って居ることとよ！　と照ちゃんには思われるのでした。

敏ちゃんが久美子さんと同じ学校になり照ちゃんだけ不運にも離れ鳥で外の女学校にゆく様になってから、どうも敏ちゃんは久美子さんの感化を受けるのか、或は自分から真似をするのか、照ちゃんと二人きりで遊んでいた時代とは、まるで違った言葉づかいや行動をするのです。照ちゃんには、それがどうもひどくシャクにさわって居るのです。

「お供なんかしないでいいから三人で一緒に歩けばいいじゃないの」

照ちゃんは敏ちゃんをやり込るように語気鋭く申しました。

「じゃあ、お祭には三人で見て歩きましょうね」

久美子さんが二人の間を円満にまとめるように言い出しました。

さて、そのお祭の日が来ました。照ちゃんは街に生れて街の家に育った子とて人一

倍お祭が好《すき》ですから、その日も学校から急いで帰ると直ぐ特別お小づかいを入れた紅いかわのお財布と新しいハンカチーフを制服のままポケットに納めて、いそいそと敏ちゃんの家へ迎えに行きました。

「あら、敏ちゃんはまだ学校から帰らないのよ、どうしたのかしら？」

春代姉さんが折角迎えに来た照ちゃんに気の毒そうにそう申しました。

「そう、じゃあまたも少しあとで来て見るわ」

照ちゃんは学校が別の悲しさに、帰る時間が一定しないのですから、も少し敏ちゃんの帰って来るのを待とうと思ったのです。

敏ちゃんが帰らねば同じ学校の久美子さんも帰らないのですから、三人一緒になる時間までと照ちゃんはお家で待って居ました。

ものの一時間も経た頃又照ちゃんは待ち兼ねて敏ちゃんを迎えにゆきました。

だが敏ちゃんは今日はまだ学校から帰って来ないとお家の人も不思議そうに言うのでした。

（どうしたのかしら？　久美子さんだけ先へもしかしたら帰ったかも知れないわ）照ちゃんはもしやとそう思ってお裏の久美子さんのお家へ行って見ますと久美子さんの

お母さんがこれも又（久美子もまだ帰って参りませんよ、学校で何か遅くなる事があったのかも知れませんのね）と慰め顔に仰しゃるのです。

照ちゃんはすっかりがっかりしました。折角三人でと約束したのだから、今日はお祭を出て見るの一人ではつまらないし止してしまおうと思いました。それにまだ二日お祭は続くのですもの――。

それで照ちゃんはお店の前でただ一人ぼっちでお祭の大通りを眺めていました。でもいまにも敏ちゃんが久美子さんと二人で「今帰ったのよ、遅くなってごめんなさい」と詫びながら姿を現すかと心待ちに期待して居たのですが夕御飯がすんで夜になっても二人はとうとう姿を現しませんでした。

夜学校じゃあるまいし、夜まで課業のある筈もないのに、あの二人はどうしているのかしら？　照ちゃんはそろそろ気がもめて来ました。ふたりは学校が一緒なのをいい事にして私を一人はぐぬけにしてお祭の約束破って勝手にどこかへ行ったのかも知れない――疑う心が湧くと、馬鹿正直に今まで待ってた自分が世にも哀れな存在に感じられるのでした。

照ちゃんはそうした惨めな気持でお二階の部屋へあがってゆくと、その北の窓の下は裏庭続きで久美子さん母子の棲居です。その小さい家の灯の着いた障子に久美子さんらしい影がうつって何かその話声がしました。

（まあ、いつの間にか帰っているのよ、だのに私ンとこへ来もしないで――私は何度も敏ちゃんのところへも久美子さんのところへもお迎えに行ったのに……）と思い詰ると気の強い子だけにかっと怒ってしまいました。

（うちの貸家借りてるくせに、お隣の敏ちゃんとばかり仲よくして……）と大家さん意識を起して照ちゃんは口惜しがりました。

　そして久美子さんはともかく前からの仲よしの敏ちゃんまで、どうでしょう此頃の変り様は、今日も帰ってから一言の御挨拶もなしでと照ちゃんは久美子さんを怒り敏ちゃんを怨み、その晩は胸がいっぱいで何も勉強出来ませんでした。遠くから聞こえて来るお祭のお囃子の笛太鼓まで照ちゃんを哀れむ様に響いて来る気持で、その年のお祭の日は生れて初めて照ちゃんに怨めしく悲しく口惜しきものの限りでした。

（いいわ、私きっとあの二人と絶交してやるわ！　明日からけっして口きかないから、いいやァ）

　照ちゃんはその晩遂にかかる重大なる決心を胸に抱きました。

さて可愛想にこんなに照ちゃんを怒らせた、あの二人——敏ちゃんと久美子さんは此のお祭の日をよそに、いったい学校からどこへ廻って、こんなに遅くなったのでしよう?

その二人連《づれ》

敏ちゃんは夏のお祭が近付くと自然亡くなったお母さんを思い出して感傷的になるのでした。

自分が感傷的になってゆくと、それは誰かに慰さめて貰い度くなるものでした。敏ちゃんはそれを久美子さんに求めて見ました。そして非常な成功をしたのです。

敏ちゃんのお母さんの亡くなった日が丁度夏のお祭の最中でした。そして其の時敏ちゃんはお隣の照ちゃんと町並の絵行灯を見て歩いて居たのです。ですから照ちゃんはこの敏ちゃんの悲しい日に付いては、今まで最も身近い最大な同情者でした——然るに、敏ちゃんは更に新しい同情者を一人獲得したからです。それが久美子です。

照ちゃんが露路の倶楽部で（三人一緒に今年のお祭を見に歩く）ことを言い出した翌日のこと――敏ちゃんは学校で久美子さんに（亡き母の物語）をしてしまったのです。

「まあ、では敏子さんのお母様貴女が小学校の頃お亡くなりになったの――ではそんなに昔でないんですもの、たくさんたくさん思い出が有って悲しいのね……」

久美子さんは敏ちゃんにひどく同情を寄せました。敏ちゃんにお母様の無いことは久美子さんもあすこへお引越して来てすぐ知りましたが、でもそれは敏ちゃんのずっと小さい頃お亡くなりになったと思い込んで居たのですが、小学校時代と聞くと、いま女学校一年ですもの、敏ちゃんがお母様にお別れしたの、そんなに遠くない日と思うと、今更可哀想なひとだと気の毒に思うのでした。

「そして丁度今頃夏のお祭の日でしたわ、あした、あさってがお母様の命日よ」敏ちゃんが言いますと、

「じゃあ、その日貴女お墓詣りね」久美子さんの言葉にうなずいた敏ちゃんは、

「ええ、あさってはお父さんやお姉さんやお店の人達とお花持ってお詣りに雑司ケ谷の家のお墓にお詣りに行きますわ、鬼子母神の近くよ……」

「まあ！　あすこ、久美子のお父様のお墓もそこよ！」

久美子さんが日頃になく吃驚するような大きな声を思わず出しました。

「あら、久美子さんのお父様のお墓も……」

敏ちゃんも驚ろきました。そしてこんな美しい上品なひとのお父様とうちのお母様のお墓が同じところとは、光栄のような気さえいたしました。

そして夢中で此の二人はたがいの父と母との墓について語り合ってゆくうちに、どうやらその二つのお墓の位置は共に近いところにあるようでした。

「でも、行って見なければわからないのね」

久美子さんが言うと、

「あさって私うちのお母様のところお詣りした時、久美子さんのお父様のお墓も探してお辞儀して来ますわ」

と敏ちゃんは久美子さんの父上のお墓に敬意を表す約束をいたしました。

「あら、それよりも、いっそ今日御一緒にお詣りに行きましょうよ、そして私敏子さんのお母様のお墓にもお詣りさせて戴くわ、そして久美子のお父様のお墓も其の時お教えしてよ」

久美子さんの此の発議に敏ちゃんは無論賛成致しました。おたがいに片親の無い共通な運命はこうして二人を更に結び付けたのでした。

その学校の帰りに二人はまっすぐお家へ帰らず雑司ケ谷の墓地へ向いました。ですもの、あの照ちゃんがいくら首を長くして二人の帰って来るの待ってても無駄な話でした。

敏ちゃんは久美子さんと一緒にお墓詣りをする事に夢中で照ちゃんが今日どんな苛々した気持で自分達ふたりの帰るのを待ち受けて居るかなど、とても想像する余裕も無かったのですもの。

二人は途中の花屋で二つのお墓にあげるお花を買いました。白いマーガレットの花束を二つにしました。そして雑司ケ谷へ——

「ここがうちのお母さんのところよ」

敏ちゃんはお母様のお墓へ久美子さんを案内しました。

「そう、私も拝みますわ」

久美子さんは上品に手を合せて、敏ちゃんのお母様のお墓の前に礼拝しました。敏ちゃんはその時思いました。亡くなったうちの母さんも今度お友達になった久美子さんのようないいお嬢さんに拝まれて喜こんでいらっしゃると……。

「母さん、又あさって来ますからね」

敏ちゃんはそうお墓に言ってから、

「今度は久美子さんのお父様のところよ」

と申しました。こうして母の奥津城《おくつき》から友の父なるひとの奥津城へと、残る一つのマーガレットの花束を持って二人の少女は初夏の墓地を歩くのでした。

「此処よ」

久美子さんの立ち止まった処、立派な鉄の柵がめぐらしてあって常盤木が植えてあり、その中に宗像家代々の墓としるした大きな墓石が建ててあります。

「このお墓の下のコンクリートの箱の中にお父様のお骨が入れてあるのよ」

と久美子さんはマーガレットの花束をその石の前に置いて黙禱して涙ぐみました。久美子さんのお父様にお別れしたのは、つい去年のことですから、悲しみの思い出は更に新しく胸を突くのでしょう。

「まあ、とても御立派なお墓ね、久美子さんのお父様お金持か、偉い方だったのでしょう」

敏ちゃんはそのお墓の前で眼を見張って申しました。それほど確に墓地か立派だったのです。

「いいえ、お父様は少しもお金持じゃなかったのよ、それにまだ偉くならないうちにお亡くなりになったのですって、博士論文書いていらっしゃるうちに御病気になってしまって……」

久美子さんの涙ぐんだ眼と一緒に声も悲しげにとぎれました。

「だってお墓こんなに大きくて立派なんですもの――」

敏ちゃんは久美子さんのお父様をどうしてもお金持で偉い人だと思いました。

「いいえ、お祖父様がお金持で昔偉いお役人だったんですって――このお墓はお祖父様のお家のよ、ですから立派なのかも知れないわ」

久美子さんが何か寂しげに吐息をもらした。

「そう、そのお祖父様今も生きていらっしゃるの?」

「ええ、いらっしゃるんですって……」

ですっては、ちと変ではありませんか。

「あら、だのに何故御一緒にお棲みにならないの?　遠くにいらっしゃるの?」

敏ちゃんは不思議に思って問うのです。第一こんな立派な墓を持つほどのお家で、あの照ちゃんのお店のうしろの小さな小さな貸家になどお母さんと二人ぼっちで棲んで、そしてお母さんはお挿花の先生をなすったり、女中一人も使わずに――それも不思議です。その上お金持で昔偉かったお祖父様がいらっしゃるんですって――と言うのに、ついぞ、そんな人があの久美子さんの小さいお家を訪ずれたの見受けた事もないし……。

「あのね、久美子まだそのお祖父様にお眼にかかった事もないんですもの――京都と東京に一年の半分ずついらっしゃるんだけれど……」

久美子さんの声はますます寂しげでした。

「まあ！　どうして、東京にいらっした時お会いにならないの？」

敏ちゃんはますます吃驚してしまいました。

「何故だか久美子もよくわからないの、お母様も何んにも仰しゃらないし、お祖父様のこと言い出すと寂しい顔なさるんですもの、なにも伺えないわ……でも亡くなったお父様はお祖父様の息子なのでしょう、だから此のお墓に入っていらっしゃるのよ、でもお祖父様はお父様のお葬式の時にも代理の方およこしになって御自分は一度もいらっしって下さらなかったの、だけどお祖父様のお宅の書生をして大学へ通っていらっしゃる正雄さんが、お父様の御病気の時もお亡くなりになった後も、大変親切にして下さるのよ」

「あっ、その人いつか照ちゃんのお店へあの裏の貸家札見て聞きに来た人でしょう、私もその時照ちゃんのお父さんを玉突までお迎えに行ったんですもの……」

敏ちゃんは思い出して言いました。

「ええ、その方よ、お兄様のようにいい方、でもお祖父様に叱られるのか、あんまりいらっしゃらないのよ……」

「だって何故、久美子さんのところへ、そのお祖父様いらっしゃらないのでしょう、ずいぶん悪いお祖父様ねえ……」

敏ちゃんは久美子さんの為にも義憤を感じて、その憎む可き冷酷なお祖父さんがにくらしくなりました。

「うちのお祖父様悪い人かどうか、まだ久美子も知らないの、でも、悪い人だと思い度くないの……」

久美子さんがしょんぼりして申しますと、

「ごめんなさい……私悪い人かと思っちまって……つい……」

敏ちゃんがまごまごしてあやまりました。

「ホ……いいのよ、きっとお祖父様、久美子とうちのお母様嫌いなのよ、だから少しも可愛がって下さらないのよ、ね」

久美子さんはそう思って悲しく諦めているのでした。

「……だって孫を嫌いなお祖父さんなんて、私嫌いだわ……」

敏ちゃんが思わず又そのお祖父さんの悪口を言ってしまいました。

もう久美子さんは何も言わなくなって——さびしげにお父様のお墓の前を離れてゆくのです。敏ちゃんも黙って寂しげにその後に付いて墓地を出ました。

初夏の午後の陽はすっかり暮て、さすがに陰気に悲しげな墓地のゆうぐれです。二人は足を急がせて明るい舗道へと向いました。

敏ちゃんは今日初めて久美子さんの悲しい秘密を知った様な気がしました。お母様とただ二人きり、お祖父様に見すてられた様な佗しい生活をして居るのだと思うと、久美子さんにも悲しい思いが秘められてあるようで同情してしまいました。そうした事は実に敏ちゃんを久美子さんへ結び近付け、二人の友情が濃くなった様でした。

そして此のふたりは照ちゃんが怒ってじりじりしてお祭り見物の約束を破られ裏切

られたのを怨んでいるとも知らず、父なき子母なき子の二人づれは手を取り合ってしめやかな気持に結ばれ合って遅くお家へ帰ったのでした。

そして久美子さんがそのお家でお母様に、今日敏ちゃんのお母様のお墓とお父様のお墓へも共にお詣りした事を報告している声を照ちゃんは我家のお二階の北窓からもれ聞き大いに憤慨して（うちの貸家借りてるくせに、お隣の敏ちゃんとばかり仲よくして……）と大家さん意識を起して口惜しがり、久美子さんと敏ちゃんをすっかり怨んでしまった次第です。

照ちゃんの謀反《むほん》

その翌朝——敏ちゃんと久美ちゃんが連《つれ》だって出かける時、つい少し前を照ちゃんがお店から出かける処でした。

「照ちゃん、お早う、昨日は——」

と敏ちゃんが昨日自分の留守に幾度もお祭に誘いに来た照ちゃんにお詫びを言おう

として追いかけると、その声が聞こえていても照ちゃんは知らん顔してぐんぐんと先へ先へと振り向きもせず歩いてまいります。

「照子さん、昨日は失礼、ごめんなさい」

久美子さんも声をかけますが、やっぱり照ちゃんは知らん顔して、わざとぐんぐん足を早めます。

「怒っていらっしゃるのね」

久美子さんが敏ちゃんと顔見合せました。

(ヒガミ根性、知らないッ)敏ちゃんは心のなかでこう思うと、もう照ちゃんを追いかけるの止しました。だってどうせ学校へゆく道がちがうんですもの……。

「あとで、よくお詫びしましょうよ」

久美子さんはこう言いながらも、やはり気になるか優しく照ちゃんに追いついてゆきました。それで仕方なく敏ちゃんも急いで照ちゃんのうしろへ走ってゆき、

「照ちゃん、今日は三人でお祭へ出ましょうよ、私も久美子さんも早く学校から帰って来るわ、ね、いいでしょう」

と御機嫌を取り初めましたが、とても照ちゃんの感情は和らぎません。彼女はまっ

たくそれらの声の耳に入らぬ様に、ツンツンして電車道の方へ行ってしまうのです。

「いやな怒リン坊……」

敏ちゃんも呆れました。

「いいわ、きょうはふたりで照ちゃんのお家へ早くお誘いにゆきましょうよね」

久美子さんがそう言い、敏ちゃんもそして、きょうよく照ちゃんに昨日のお墓詣りのお話して、あやまってしまえば、いいと思いました。

ところが照ちゃんはどうでしょう。

昨日の晩あんなに怒って（いいわ、私きっとあの二人と絶交してやるわ！ 明日からけっして口きかないから、いいやア）と心にかたく誓ったのを早速今朝から実行して、いくら二人がうしろから追いかけて来て何んと言っても、一言も返事をせずツンツンして、少し痛快に思ったのですがそれだけではまだ足りません。きょうあの二人は学校から早く帰ってお祭に誘いに来ると言ったけれど、誰が行くもんかッ、けっして行かないッ、こう決心したのです。

でもお家にいれば迎えに来られたのに、わざと行かないのは変です――いかにも昨日の意地で見たいお祭我慢しているようでいやです――それよりも私今日は私の学校のお友達とどこか遊びに行って遅く帰るわ、そしたらその留守に敏ちゃんと久美子さんが幾度も「照ちゃんまだ学校から帰らない？」と待遠しがって迎えに来るわ、いい気味いい気味、昨日の敵討がそれで完全に出来るんだもの！

　こう照ちゃんは考えたのです、が――さて今日学校のお友達とどこか遊びに行くと言っても誰と遊びに行こうかしら？　敏ちゃんが久美子さんと新しくお友達になって、すっかり有頂天で幼馴染の私をはぐぬけにしてしまうなら、こっちもそのつもりで、久美子さんに優るとも劣らない美しい上品な人を新しくお友達にして敏ちゃんに見せつけて思い知らせてやるわ！　照ちゃんはそう考えつきました。

　それにあんなに仲よしだった敏ちゃんと絶交をする以上、それに代る可き仲よしのお友達を早く持たないと、自分がみじめだとも思えたのです。

　それで照ちゃんはその新しいお友達の候補者をあれか、これかと案じました。照ちゃんの入学したその女学校の一年の同じクラスに久美子さんに優るとも劣らぬ人と言えば、「望月さんだわ」と思いました。

　望月さんはクラスでも美しいお上品な子で、上級の人達にも騒がれてクラスの人も大勢お友達がすぐ出来た人です。照ちゃんはこの望月さんと仲よしに天晴《あっぱれ》なって、やがて敏ちゃんに見せつけて「私貴女や久美子さんなんかに遊んで貰わないでも結構よ」と言ってやりたくなりました。

いったい照ちゃんは向う見ずで元気のいい子ですから、たゆたったり考えたりせず勇気をもって本日今日から直ちに望月さんに近付き大親友となる決心をして、すぐその実行に取りかかりました。

照ちゃんはその日学校へ行くやいなや、息せき切って望月さんの傍へ用ありげに近付きました。

「ねえ、植物園へいらっしゃらない、御一緒に！」

何んの前ぶれもなく突然誘いました。照ちゃんはあいにくお父さんもお母さんも健在で、敏ちゃんや久美子さんのようにお墓詣りに誘い合うわけに行かないのですから、植物園と思い付いたのでしょう、そこへお友達とゆくのなら学校の先生もお叱りにならないからかも知れません。

望月さんはいきなり人の顔を見るなり「植物園行き」を誘う此の奇抜な照ちゃんの行動がお気に召したと見えて意外にも賛成でした。

「え、行っても良いわ、いつ？」

「今日、放課後に――」

「今日？　あーら、え、いいわ。行きましょう」

とクラスでの社交家だけに、なかなか愛嬌がございます。照ちゃんは早速の大成功に喜こんでしまって放課の時間を待ち兼ねました。そして植物園へ望月さんとただ二人で――照ちゃんの心中の得意は申すまでもございません。

この二人は植物園へ――御門からの坂を上って徳川時代此処が薬草園だった頃からの古い染井吉野の桜の樹を左に見て椰子や龍舌蘭《りゅうぜつらん》の茂る丘を眺めて奥へ入ってゆきました。樹々の若葉に楓《かえで》の緑に映じる美しい躑躅《つつじ》の灌木の花は火の様に燃えて、少し盛り過ぎた背の低い藤の花房が微風にゆらいで、ほんとに美しい園の風景でした。

お猿の檻を見たり水鳥を見たりして小径を辿ると池、そこに菖蒲が紫に白に咲いています。

「ほんとに誘って戴いてよかったわ、こんなに青葉と花盛りで素敵ねえ！」

望月さんはすっかり嬉しがって照ちゃんに此処へ誘われたのを心から感謝しました。

これぞ照ちゃんの幸福、ここで、この花と青葉の匂う園内で、心ゆくばかり語って二人の友情の深まる第一日を送れば何よりです。

だのに、照ちゃんはそういう望月さんと話し合って池をめぐり青い芝生の築山を登るうちに、落着かなくそわそわしました。それはほんとに失礼なお話ですが、不幸にも照ちゃんは御不浄にゆき度くなるのでした。だのに御不浄が園内のどこにあるか見当が付かなくなりました。と言って仰山に「私御不浄へゆくから待ってね」と初めて今日から仲よしに今やならんとする望月さんへは虚栄心からもみえからも、いかにもお行儀悪く下品なようで、とても言い出す勇気がさすがの照ちゃんにも無かったのです。もし、これが敏ちゃんと一緒だったら平気で「敏ちゃんも一緒に行ってよ」と御不浄まで連れてゆけるんですけれど、そこが悲しいかな、まだ他人行儀の新しいお友達の望月さんでは照ちゃんもやはり他人行儀で少しは気取りたくもなったのですもの……。

「ここのお池の睡蓮まだ咲かないかしら、行って見ましょうよ」

と望月さんが言っても照ちゃんは気が進まず、早くお家へ帰りたくなってしまいました。

「少しこのベンチで休みましょうか、田中さん」

と望月さんが半巾でベンチの埃を払って二人ならんで腰かけて、これから板チョコでもポケットから出そうとしても照ちゃんは気が落付きません。折角又とない友情を結ぶこの機会《チャンス》を思えば可愛想な照ちゃんでした。（私、なんだか気持が悪いの、お家へ帰るわ）と照ちゃんはいよいよお家へ帰りたくなってしまいました。美しい花の植物園も、仲よしになればなれる美しい子の望月さんも今は空しく照ちゃんから消え失せるのに――なんというとんまな滑稽な又哀れとも云えば云える照ちゃんのその日の悲しい運命でした。

　望月さんは照ちゃんが勝手に誘っておきながら其処へ来るなり、いきなりお家へ帰ると言い出す我儘に呆れもし興ざめもし、腹も立ち、とうとう不機嫌になって渋々照ちゃんとそこそこに植物園を出ました。（なんて、へんな方だろう）恐らく望月さんはそう思って照ちゃんとお友達になるのは今日一日でこりてしまった事でしょう。

　ああ何もかも遂に失敗に終った照ちゃんでした。折角望月さんと植物園でゆっくり遊んで敏ちゃんに思い知らせてやろうとした謀反を起した甲斐もなく……。

　照ちゃんがお家へ急いで帰って、やっとあたりまえの心持になると――今更に悲しい今日の失敗でした。

「照ちゃん、さっき久美子さんと敏ちゃんがお祭を一緒に見に出ましょうって誘いにいらっしたけれど、照ちゃんがまだ帰らないって言ったら二人で先へ出かけるって言って居たよ――」

とお母さんの告げる言葉にも、照ちゃんはしょげました。（迎えに来ても、居ないでいい気味！）などと考えるよりも、何故今日意地なんって張らずに、やっぱり三人でお祭見て歩けばどんなにその方が楽しかったろうとも思われて後悔するのでした、そして今頃敏ちゃんは久美子さんと手を取り合って祭礼のさんざめく人ごみのなかを歩き廻っているかと思うと……どんどこどんどんどこどんと響いて来る祭の太鼓の賑やかな音も照ちゃんにはもの悲しく聞こえて、しょんぼりと二階の窓から夏祭の街の空を見やると――ほんとになんだか泣きたくなってしまった可愛想な照ちゃんでした……。

そんな照ちゃんの今日の悲喜劇も露知らず――敏ちゃんと久美子さんはその祭礼のなかを喜々として歩いて居るのでしょうに……。

孤独

照ちゃんは今まで学校へ出かける朝の時間が時々敏ちゃんや久美子さんと一緒になる事がありました。でも通う学校が違うのですから、郊外の女学校は省線に乗るのですし、その駅からまだ遠い処に学校はあるので、うっかりすると照ちゃんは遅刻になり勝でした。

だが此頃照ちゃんはとても早く学校へ出かける様になりました。それは——あの祭のあった後からです。

（わたしは、どうせ、はぐぬけなんだから……）

照ちゃんがこう考えてからです。

今まで仲のよかった敏ちゃんに裏切られ、新しく入って来た久美子さんは敏ちゃんと仲よくし、完全に照ちゃんひとり（はぐぬけ）にされたと、しみじみ知ったからでした。

（孤独）——そうした感じを照ちゃんは生れて初めて味わいました。外の少女なら、いざ知らず、あんな向う見ずのはしゃぎやの、そして少しおしゃべりのおてんばの照ちゃんに（孤独）と云うひとりぼっちは、ずいぶん悲しく辛いものでした。

でも照ちゃんは負けず嫌いの勝気な子でした。（誰があんなひどい敏ちゃんや久美子さんにヘイヘイして遊んで貰うものか）と決心した以上、寂しくとも、どんなに辛くとも、ひとりぼっちを我慢しようと思いました。いったい、ものごとをあんまり考える性質でない照ちゃんが、そうなるまでには、よくよくの事でした。

もう敏ちゃんや久美子さんと会い度くもない、遊びもしないと思うと、朝の登校の道でうっかり一緒になったりするのさえ、いやでいまいましいのです。それで照ちゃんは今までより、とても早起して学校にゆくことにしました。

夏休が近付く頃の気候の早起はすがすがしいものでした。お裏の家の久美子さんがまだ朝のお食事もすまぬうちに、もう照ちゃんは家を出て省線の駅の歩廊《プラットホーム》に電車を待って居るのです。

そして学校のある郊外の（ほんとは東京市のなかに新市区として編入されたのですが、やはり郊外らしいところです）道を辿ってゆくのです——駅から暫く行くと、もうお家も店も無くなり、雑木林や櫟《くぬぎ》や樫《かし》や松などのこんもり両脇に茂った中に新しく開かれた広い道路です。

敷かれた砂利がいつか埋もった道の土は、まだ朝露にしっとり潤うて、茂みの樹々の根元に生うるに任せた雑草は照ちゃんの棲む街なかでは見られぬ自然の風景でした。

晴れ渡った淡いコバルト色の空からさす太陽もまだそう暑くなく、朗らかにきらきらと朝の新鮮な光線を照ちゃんに浴せます。はぐぬけにされた、ひとりぼっちの子は強くその下を学校へと歩くのでした。

まだ時間が早いし、その女学校の生徒は多くは地理的の関係から、その郊外に棲む人だちが多く、さもなくば同じ郊外にほど近い省線の駅のある処から通う人だちで、照ちゃんのように旧市内の町中から遠く乗って通う子は、あまりたくさんは居なかったので、こんなに早くせっせと学校へ出かける子は、あたりを見廻しても居ません。こうして、はぐぬけの子は道をゆくのも、やはりひとりぼっちでした。

でも照ちゃんはそうした道を毎朝早く一人で辿ってゆくことが好きになりました。それはあの敏ちゃんも久美子さんもまだ知らない道、知らない場所を自分一人で毎日行くのは、とても悲壮な大事業をしている様な気がしたのですもの。

お家から近い女学校に通って、少しぐらい朝寝坊しても馳けつければ間に合う楽な学校へ通ってるあのふたりよりも、わたしはとても大変な努力をしているのだと思うことは、なにか敏ちゃん達よりも、すこし偉くなった様な気さえするのでした。

シェパード・ベル

その日も照ちゃんは例の通り早く学校通いの道を一人で歩いてゆきました。すると其の向うから上品なお爺さんがステッキを突いて、お供の書生さんらしい若い学生風の人が大きな犬を連れたのと、朝の散歩か、ぶらぶらと歩いて来ました。

その犬はまるで黒い狼のように強そうでした——照ちゃんは怖くなって少し脇へ逃げますと、犬は怪しい者と思ったのか、俄にワンワン吠え立てました。

「こらこらベル!」

と犬を連れた学生の人は、犬の首輪につながって居る綱を強く引張りましたが、とても大きなその犬は人間一人の力さえ、かなわない様にぐんぐん照ちゃんの傍へ吠え付いて来るのです。「ああ怖い!」と逃げ様としても生憎一本道です。それに怖いと思ったら、もう意気地なく足がすくんでしまいました。

「こらッ、ベルベル」

お爺さんのひともステッキを振り上げましたが、吠え出した犬は主人の言葉も聞き入れぬように、烈しく吠えて、いきなり照ちゃんの片手に飛びかかりました。（わッ！・）と照ちゃんが叫んで鞄を落した時、その掌に犬が嚙みついてしまいました。

「ベルッ」

お爺さんも学生の人も慌て切ってベルと云う犬の身体を照ちゃんから引き離しました。

「莫迦な犬だな、お前は人の見さかいもなく――」

とお爺さんは、ステッキをあげて軽くベルの頰を叩きました。

「すみません、傷がつきましたか？・」

学生のひとは吃驚して照ちゃんの手を取りました。照ちゃんの掌には、ほんのすこし、薄く犬の歯形の痕が赤く充血した様になっていました。

「お嬢さん、まことにすまん事を宅の犬がしましたな。だがこのベルは決して狂犬ではないから大丈夫だと思うが、念のために薬をつけて置きましょう。それがいいな」

お爺さんは照ちゃんにそう言って落した鞄をひろって自分で持ち、学生の人に向って、

「一寸此のお嬢さんに宅まで寄って貰おう」

と言いますと、その学生は腕時計を見て、

「まだ学校は始まりませんね、ではちょっとお薬を付けておくといいから、すぐ近くだからいらっしゃい」

と照ちゃんの肩に手をかけて歩き出しました。

ベルと言う犬は、照ちゃんになど吠えて一寸噛みついたりして、御主人に散々叱られ、しょげておとなしく後から付いて来ました。

照ちゃんの連れて行かれたお家はほんとうに直ぐ近くでした。それはあの道ばたのこんもりした雑木林の奥に新しく建てられた広い広いお邸でした。板塀をずうッと巡らした囲い、まだ木の香の匂も残る檜《ひのき》の大きな冠木門《かぶきもん》——そこを入ると竹が植えてある小径に敷石がたくさん続き、ところどころ庭石や石灯籠が置かれて、お玄関まで長い道でした。(まるで公園みたいなところだわ)と下町の子の照ちゃんは思いました。

お玄関を上ったお座敷へ廻る広い廊下の硝子戸越のお庭はずうッと雑木林に続くほ

ど南に広く、たくさん植られてある紅葉や楓の青葉が朝の日ざしを透して、打水にしめる庭土に影を落しています。その中の泉水には緋鯉がちらちらと紅い背を見せて泳いだりしているのです……。

照ちゃんは犬に噛まれて吃驚仰天した騒ぎに、ここに連れて来られて、これからどうなるのかと心細くなりました。が、やがて学生の人が傷薬や繃帯を持って来て、照ちゃんの掌の赤く腫れた処を消毒してお薬を塗り、繃帯を巻きました。傍から、さっきのお爺さんが心配そうに覗いて、「もし学校へ行ってから、其の傷が痛むようだったら病院へお連れするから、そう言って下さい。楠本お前は学校まで此のお嬢さんを送ってあげて、学校の先生にもよくお詫びして話して置くといい――」

と言われました。照ちゃんも繃帯などして貰ったら気持も落付き、自分でも犬に噛まれた事など心配でなくなり、初めて口を利きました。

「いいえ、もう大丈夫ですわ、ちっとも痛くないんですもの……」

そう言って鞄を持って立ち上りました。

「だが、あとで痛んでも困るからな……」

お爺さんは気になるように、そう言ってお玄関まで送って来られました。さっきお玄関の沓脱ぎの上に、そそくさに脱ぎすてた学校通いの靴は、きちんと泥を拭かれて揃えてございました。照ちゃんはすっかりきまりが悪くなりました。だってその靴は昨日怠けて磨くことを忘れた上に、もう少し踵が曲っていたのですもの……。

いいというのに楠本さんという学生の人は、大学の制服に着更えて照ちゃんを学校まで送り届けると言って出かけます。お玄関にはお爺さんも立ち、女中が二人も出て叮嚀にお辞儀して照ちゃんを見送りました。照ちゃんはもうもうなんだか、むやみときまりが悪くなり、ばたばたと御門を駈け出しますと、其の後から真面目な顔で楠本さんが付いて来ます。

それから学校の御門まで、照ちゃんは楠本さんに送られてゆきました。そして楠本さんは照ちゃんの担任の先生にわざわざ会って、もし照ちゃんの傷が痛めば直ぐ迎えに来て病院に連れてゆくという話をいたしました。

照ちゃんは此の楠本さんの声や姿を聞いてるうちに、この人にどこかで一度か二度会ったような気がしました。でも、どこで、何んで此の人を見覚えがあるのか、それが、どうしてもはっきりと照ちゃんに思い出せませんでした。

ただその楠本さんが担任の先生に傷が痛む時は「この近くの宗像の邸へ電話を――」

と郊外電話の番号を知らせて居るのを、きまり悪げに傍で聞いた時、宗像――ムナカタと耳で判断すると久美子さんの苗字と同じでした。でも久美子さんはお母さんとたった二人ぼっちで照ちゃんのお店の裏のあんなちっぽけなお家に居るのですから、今見て来たとても広いお金持らしいお邸と同じ名なのが、おかしい様でした。

楠本さんは先生に言い置いて帰りました。朝の授業が終ると、級の生徒は照ちゃんに、

「きょう貴女学校へ送っていらっした大学のひと、お兄さんなの」

などと問いました。

「嘘よ、ちがうわ、私ほら今朝ここ犬に嚙まれたので、あの人送って来たのよ」

と照ちゃんは名誉の負傷でも示すように繃帯を見せました。

「あら、じゃあ、よくあの道連れて歩かれている素敵なシェパードでしょう」

と犬に就てのものしりらしい同級生が申しました。それで照ちゃんはあの恐ろしい耳の立った大きな黒犬がシェパードという種類の犬だと知りました。

「シェパードってのは利口で強いから警察犬に使われるんですって、家でも飼っているのよ、だから私犬は平気よ、ちっとも怖くないわ、あの犬だって私に吠えたりしな

いわ」

　と犬のものしりの同級生がいばりました。照ちゃんは何んだか自分がばかで勝手に犬に噛まれたように言われた気がして、感情を害し、それきりもう犬に噛まれた話をしなくなりました。

　そして、もうこれから、あの犬に道で出会っても知らん顔して、平気でさっさと急いで歩いて行こうと考えました。

　仕合せに照ちゃんの傷は少しも痛くもかゆくもありませんでした。今朝慌てて泣きそうになった事を思うとおかしい位でした。

　その日放課の前に担任の先生が照ちゃんに犬に噛まれた傷は痛むかとお聞きになりました。照ちゃんはもうすっかり今朝の恐ろしかった事を忘れたほど掌の傷など少しも気にならないので、なんともないと言いました。先生はこれから犬に気を付けるようにと仰しゃって、照ちゃんは別に病院にゆく必要もなく、そのままお家に帰ることになりました。

　そして何気なく校門を出て少し行くと、そこでばったり今朝のあの楠本さんに出会いました。

「やあ、どうでした、傷は——心配なので一寸来ましたが」

と言うのです。

「いいえ、もうなんともありませんわ」

と照ちゃんはさっさと繃帯を取ると、もう赤く腫れた処は消えて、ほんとに何んともなくなりました。

「ああ、よかったな、ベルは狂犬でないからもう心配はありませんよ」

と楠本さんも安心しました。そして何か片手に持っている小さい箱を出して、

「これは宅の御主人がお詫びに貴女にあげるように仰しゃったのですよ」

と照ちゃんの手にその箱を渡そうとしましたが、照ちゃんは赫くなって慌てて逃げ出しました。

「取ってお置きなさい、かまわないから……」

と楠本さんが追いかけて言うのに、照ちゃんは（いいえいいえ）という風に、むやみやたらと首を振って息もつかずに、どんどん馳け出してしまいました。その又照ちゃんの足の早いこと——楠本さんもそれ以上女の子を追いかけるのもへんなので困って諦らめたようです。

照ちゃんはまるで一息に省線の駅の内まで飛び込んで、うしろを振りかえり楠本さんが見えないので、初めてほっとして急いで改札口を出ました。

その日お家へ帰っても、照ちゃんは犬に吠えられた話をざっとお母さんにしましたが、傷の痕はもう無いのですし、お母さんもお店がいそがしいので、気に止めずにいました。

それからも照ちゃんは毎朝学校にゆく時、あのベルと云うシェパードに会うかと思って用心して歩きましたが、もう出会うことがありません。そして、いつしか照ちゃんはあの犬のことも、上品なお爺さんのことも、そのお邸のことも楠本さんのことも、思い出すとまるで夢のように不思議なことのあった一日だとあの出来事が不思議な気さえ致しました。

指輪の事件

その頃の或日の夜ふけでした。敏ちゃんのお家の福澄のお店先の紺の暖簾を、おずおずと押し分けて入ったのは、久美子さんのお母様です。

お店の帳場格子の奥には番頭さんが一人据って居ました。お客の入った様子に(へい、いらっしゃい)と出てゆくと、そこにかねて顔見知っている敏ちゃんの仲よしの久美子さんのお母様が、はずかしそうに立っていらっしゃるのです。番頭さんは、まごまごした様に不思議な表情をして(何か御用で……)と申しました。

久美子さんのお母様は、はずかしそうに袂から紫色の天鵞絨の小箱を出して、開くと中に指輪が一つ光っています。

「これをお預けしたいのですが……」

と口ごもりながら仰しゃいました。つまりその指輪は福澄質店へ預けて、お金を借りたいということなのですから――番頭さんはもじもじして(へい)と申しましたが、(ちょっと奥様お待ちになって――)と言い置くと、お店から奥の座敷へやって来ました。

そのお座敷では、敏ちゃんのお父さんが晩御飯のお酒で赤いてらてらした御機嫌のいいお顔でラジオを聞いていました。敏ちゃんの姉さんの春代さんも、その脇でお裁縫していました。

「旦那ちょっと――」

番頭さんがそっと入って来て、敏ちゃんのお父さんの耳の傍で何かヒソヒソ小声で申しました。

「なに――あの奥さんが店へ――」

お父さんも吃驚したように立ち上りました。そして番頭さんと一緒にお店へ出て参りました。なるほど其処には店の灯影に佗しそうに久美子さんのお母様がうつむいているではありませんか。

「奥様、いらっしゃいまし、いつも宅の敏坊がお宅へあがって御やっかいになります――」

お父さんは叮嚀にお辞儀をしました。そして指輪を指して、

「只今伺いますと、これを手前どもへお預けになりますような、お話でございますが……」

と言うと、久美子さんのお母様は上品な少しやつれたお顔を薄赤くなすって、

「はあ――御面倒をおかけしますが……どうぞ」

と仰しゃるのです。

敏ちゃんのお父さんは、その指輪を眺めると、それは黄金の蒲鉾型です——結婚指輪です。結婚式の時、良人から貰って花嫁が指にして一生の結婚生活のしるしとするものです……

「ホウ、これは奥様がいつもお手にしていらっしたもので……」

敏ちゃんのお父さんは痛ましい顔をしました。

「はあ、それは亡くなった久美子の父の唯一つの思い出の遺品《かたみ》ですから、手離すことは出来ませんが……久美子を育てる生活の為に、暫くこちらへお預り願うより仕方なくなりましたので、おはずかしいことを申しに思い切って、こうして参りましたので……」

久美子さんのお母様は消え入るようなお声でした。

「ふーむ」

敏ちゃんのお父さんは、思わずうなって両腕を組みました。

「いかがでしょう、預かって戴けますまいか……」

久美子さんのお母様は、はずかしさと心配さに打ちしおれて言うのです。

「奥様、それはもう手前共の商売では何なりとお預かり致しますが、こうしたお知合いの仲で――久美子さんのお父様のお遺品のお大切な結婚指輪と伺っては、それを手前共の土蔵にお預かり申すのは、まことに、どうもあんまり酷い話でそのお品は戴けません――へい、これはどうぞ、このままお持ち帰りになって奥様のお手から一日もお離しになってはいけません。その代り、いかほどでも御入用のお金は手前共で御用立致しますから、どうぞ御遠慮なく仰しゃって下さいませ……」

敏ちゃんのお父様はそう言って、指輪の箱をぱちんと蓋させて久美子さんのお母様の手許へ押しかえしました。

「でも――ただお金を拝借するということは――」

とお母様の御遠慮なさるのを敏ちゃんのお父様は無理にもいろいろ説きすすめました。

「それでは――お言葉に甘えまして、あの田中屋さんへお払いする今月のお家賃だけ四五日拝借させて戴きます――」

と久美子さんのお母様の言葉に――

「へーい、あの田中屋へお払らいの家賃だけ――それはいくらもございますまい……その外にもう御入用はございませんか――そうして女のお手一つであんなに御立派にお嬢様をお育てになる御苦労の並たいていでないのは、手前どももお察し致して居りますから、もう、そこのところは何んなりと御遠慮なく仰しゃればお役に立てますから……」

と敏ちゃんのお父さんは、もう心から久美子さんのお母様に同情してしまいました。そして、田中屋へ支払らいのお家賃のお金を久美子さんのお母様にお貸しして、お母様がお帰りになってから、敏ちゃんのお父さんは奥の座敷へ戻りました。

「お父さん、なんでしたの?」

何か変った事件が店先にあったらしいので、春代さんが問いますと、

「可愛想に田中屋の奴が見かけに依らない慾張りの家主と見えて、お裏の奥さんへ家賃をきびしく催促するらしいな、とうとう奥さんが結婚指輪を指から離して思い切って店へ来られたんだよ……」

とさっきの店先の出来事を委《くわ》しく話しました。

「まあ、お気の毒ねえ、あのお上品な奥さまがお金にお困りになるなんて――やっぱりお母様一人の手で子供を育てるのは苦しいんでしょうものねえ……でもお父さんこの話はうちの敏ちゃんにはないしょにして置きましょうね、仲よしの間柄だけに、子供

同志でそんな事知られれば久美子さんがお可哀想ですから……」

春代さんは優しいお姉さんでしたから、そうしたところにも久美子さんの為に心づかいをするのでした。その時、敏ちゃんはお店に久美子さんのお母様が指輪を持っていらっしたなど夢にも知らずお二階で復習に夢中でした。

「ひとつ田中屋にも、あんまり因業なことをしないようにに忠告してやろう……」

と敏ちゃんのお父様はつぶやきました。

大人の話

「今晩は――」

福澄の御主人、つまり敏ちゃんのお父さんが、ぶらりとお隣りの田中屋の店先に入って来ました。それを見た照ちゃんのお母さんは奥へ大声で、「お父さん！　福澄さんですよオ」と声をかけました。照ちゃんのお母さんは、自分の旦那様を、お父さんと子供と同じに呼ぶ習慣でした。

そこで、そのお父さんがお店へ出てゆき、

「やア、いつかの仇討かねハハハハ」

と笑いました。それはいつか両方のお父さん同志で将棋をして敏ちゃんのお父さんがすっかり負けてしまったので、その仇討に今夜やって来たのかと思われたらしいのです。

「いや、今夜はそんな呑気な事じゃないよ、私はちと言い度い事があって忠告に来たんだ」

と敏ちゃんのお父さんは申しました。

「へーえ、忠告！　いったい何をこっちで悪い事をしたのかねえ……」

負けすかずの田中屋の御主人は、人に忠告される事なぞ、あまり好きでない顔をしました。

「自分じゃ悪い事とは思わないから気がつかないんだよ」

福澄さんにそう言われると田中屋さんは商売もののお酒をたくさん飲んだように真赤に金時のようになってぷんぷんしてしまいました。

「何かうちのお父さんが、いけない事でもしたんでござんしょうか？……」

照ちゃんのお母さんまで良人の一大事とばかりに力味かえって心配そうです。

「つまり――こういうわけさ」

と福澄さんは、ますます落付きはらって、煙草入れを抜いて、煙管《きせる》に煙草を詰めたり火を付けたり――それをじれったそうに歯をぎりぎりさせて田中屋さんは詰め寄りました。

「何が悪いか、さっさと言って貰おう、気持が悪いや」

と、もう男の子同志の様に喧嘩腰です。

いつもはお隣の御主人が見えると愛想よくお茶よお菓子よともてなす照ちゃんのお母さんもその晩は御機嫌ななめで、まだ番茶一つ出そうとしません。

「こちらじゃ、あの裏の小ちゃい貸家の僅な家賃が入らないと、たいそうお困りになるのかね」

とぽんと煙管で火鉢のふちを叩いて福澄さんが妙な事を申しました。

「な、なんだって?」

田中屋さんが顔色を変えて怒ってしまいました。

「まあ、何を御戯談を仰しゃるんですね、莫迦莫迦しい……あんな小ぽけな貸家のお家賃なんて、何んの暮しの足しになるもんですか——ただ無駄に明けて置くのももったいないと思って、ああして人様にお貸ししたまでですからね……」

と照ちゃんのお母さんが口惜しげに言い出しました。

「なーるほど、左様か、そんなら何故きびしく家賃を催促なさるんだ？」

福澄さんが問い詰めました。

「えっ、家賃の催促だって、そ、そんな真似を誰が、誰がしたッ、一度だって裏の奥さんに家賃を取りに行った事もないんだぞ」

田中屋さんは申しました。そして、いかにも家賃を催促したかの様に誤解されて居るのが無念至極の表情で福澄さんを睨めつけました。

「まったくですよ、一度だって宅ではお家賃を戴きにあがった事もありゃしませんよ、それだのに、お向うでは、あの奥様がほんとに義理がたく毎月欠さずきちんきちんとお家賃を持っていらっしゃるのでお気の毒に思って居るぐらいでござんすからね」

照ちゃんのお母さんも又説明しました。

「うーむ……してみると」

福澄さんは腕こまぬいて考え込みました。

「いったい、なんでそうあの裏の宗像さんの家賃のことを、おせっかいに話に来なすったんだい」

田中屋さんは、まだ腹を立てて居ます。

「実はこうだ、先夜あの宗像さんの奥さんがね、そっとうちの店へ入っていらっして、金の指輪をお出しになったんだ、なんでも亡くなった旦那様との記念の指輪らしいよ、それで幾らかお金をと――こうはずかしがって仰しゃる――其の様子があんまりお気の毒なんで私も商売を離れて、その指輪はお返しして、代りにいくらでも御入用だけ御用立する事にしたんだ、すると奥様がたいへん言い辛そうに「では申しかねますが、田中屋さんへお払いするお家賃だけ四五日拝借をと――」こう仰しゃるんだ、それでお安い御用とお貸ししたが――それにつけても、こいつは田中屋さんで家賃をきびしく催促するんだなと思ったんで、これはいけない一つ忠告しなくっちゃあと思って、実は今夜やって来たんさ。すると、さすがは田中屋さんだ、催促なんぞした事はないとのこと、いや、それでは飛んだ思い違いを私がしたわけで、どうか悪く思わないで下さい、ハ……」

話がわかって見れば、福澄さんも初めの勢いは何処へやら、おとなしく詫びました。

「もう長く隣の店同志でつきあって居る間柄だ、此の田中屋が僅な家賃を催促して人を苦しめるような奴かどうかわかりそうなもんだッ」

田中屋さんはいばりました。

「ほんとうに大事な指輪を手離してまで、こちらへ義理がたくお家賃を納めて下さるとは……お気の毒な――そうと知ったらもう夢にもそんなお家賃なんぞ受け取れませんね」

照ちゃんのお母さんは涙ぐんで申しました。

「ほんとうにそうとも、もう裏の家の家賃なんか一切貰わない事に決めようぜ」

田中屋さんもそう意気込みました。

「まあ、そうまで言わなくとも――しかし何しろ奥さんの一人の女手でお嬢さんをちゃんと女学校に入れて育てるのは容易なことではないからね、うちも春代をお花のお弟子に入れるが、その外たくさんお弟子をふやして月謝の入るように骨折ってあげるんだね」

福澄さんが言えば、

「そうとも、うちの店でも、裏のお花の先生の所へ習いにゆく娘さんのお宅へはお酒を割引するってでも宣伝して大いにお弟子を募集しようじゃないか」
と田中屋さんも福澄さんと力を合せて久美子さんのお母様を後援することになりました。

そして福澄さんもいつもの様にお隣の店の御主人同志の仲で仲よくお話して帰りましたが――さて、その夜いつまでも田中屋の奥では裏の奥様から家賃をもう貰わないでおく話、福澄に指輪など持ってゆかないでいい様にお花のお弟子をふやしてあげるお話なぞお父さんやお母さん、兄さんの栄吉さんがひそひそ相談しているのを照ちゃんはすっかり聞いてしまいました。

福澄では姉さんの春代さんが女性らしい心づかいから、そうした話は敏ちゃんにはないしょにしたのですが――田中屋にはそういう用心深い姉さんが居なかったので、照ちゃんの耳に此大人の世界の話が遠慮なく入ってしまいました。

それで照ちゃんは感無量でした。自分を一人はぐぬけにして、敏ちゃんとばかり仲よくしている久美子さん、そのお家が少しのお家賃さえ納めるのが苦しいのに――だのに久美子さんはお嬢さん振っていばって……とちょっとよからぬ事を考えました。

それというのも、此頃もうちっとも久美子さんとゆきさせず遊ばないからです。あの夏以来の相互の感情のゆきちがいは、ますます意地強くして、打ちとけぬ気持にさせてしまったのですもの……。

同情したいけれど

夏近くなると照ちゃんの学校通いも朝はすがすがしくても午後の帰りは日が永くなって少し暑いのです。西からさす太陽は午前の陽ざしよりも赤ちゃけてむし暑いようでした。

ですから照ちゃんは疲れて家へ帰ります。その頃はもうあの思い出多い露路の仲よしクラブみたいな敏ちゃんとの集会所もいつかおやめになりました。それと言うのも皆あの夏祭以来の仲たがいからでした。

久美子さんも敏ちゃんも学校が同じなので、仲よしは学校だけでお家へ帰ると二人とも外にも出ずせっせと御勉強らしいのです。

でも照ちゃんはそれほど勉強家じゃございません。ならば露路へすぐ飛び出して、

「とオしイちゃん！」

と福澄のお二階へ声をかけて呼び出し、露路でおしゃべりしたり夕暮の街をぶらぶら歩いたり近くのお縁日の露店の前を見て通ったりしたかったのです——でも可愛想に意地にも今は照ちゃんは「敏ちゃん」と声をこっちからかけて遊んで貰うのは、完全に自分の敗北を示すことになりますから、いくら寂しくとも、やはり孤独を守って「向うも知らん顔なら、こっちも知らん顔」で澄して居なければなりません。

それで照ちゃんは、仲よしだった昔なつかしく、そっと窓の障子を開けて露路を見おろしたりします。田中屋の店の横と福澄の黒い板塀との間の狭い露路——二人が子供の頃から石けりしたり、お手玉とったり、かくれん坊して遊んだその露路よ——だが今は誰の影もなくひそやかに寂しい細い奥の露路……照ちゃんは怨めしそうにその日も暫くぼんやりと見おろして居ますと、おや人影がさしました。しかも、それは久美子さんでした。

（あら、久美子さんだわ……）

照ちゃんは窓から顔をますます乗出して覗きました。もしかしたら久美子さんが露路へ出て来て敏ちゃんを呼び出して、ふたりっきりで私をはぐぬけにして遊ぶのじゃないかしら？　その刹那照ちゃんはむらむらと妬ましくひがみっ根性になったのです。

ですから眼をぎらぎらさせて久美子さんの行動を見守りました。

するとすると久美子さんは田中屋のお二階の窓から照ちゃんが眼をぎらぎらさせて自分を見詰めていると知るや知らずや、福澄のお二階の方を見上げて、「敏子さん！」と呼びました。

（ああ、やっぱりそうだわ、あのふたりは私にないしょで露路で遊ぶんだわ、私をはぐぬけにして……）

と照ちゃんはまったく想像通りだったので、今更に妬ましさと無念さに思わず口惜し涙がこみあげて来ました。

すると福澄のお二階の縁側の手摺のところに敏ちゃんが現れて、

「久美子さん、なあに」

と、まるで天下の仲よしは私たちよってな顔して現れました。（ああくやしいッ）

と照ちゃんはギリギリと歯ぎしりしました。

「あのね、私明日学校おやすみしますから、欠席届持ってらっして頂戴ね」

「まあ、どうして」

敏ちゃんが心配して今にも露路へ馳け下りて来そうでした。

「お母様少し御病気なの、私今お医者様のところへお薬取りに行ったところよ――」

と久美子さんは白い半巾に包んだお薬瓶らしいものを見せました。

「そう、じゃあ大変ね、私あとでお姉さんとお見舞にあがるわ」

敏ちゃんが言いました、姉さんの春代さんは久美子さんのお母様のお花のお弟子ですから、敏ちゃんはあとでお見舞にゆくつもりです。

そして久美子さんはやがて露路の奥の小さい我家へ入ってゆきました。その姿をそっと見送ると照ちゃんはぴしゃりと窓の障子を閉めました。

久美子さんのお母さんは病気で学校やすむ――母一人子ひとりのその生活――思えば可哀想だとも思いました。でも敏ちゃんと二人で私をはぐぬけにしたと思えば、うっかり同情するのもつまらないとも考えました。

同情したくっても、うっかり同情するのもいまいましい気持、ほんとにこんな気持なんて情けないなア――と照ちゃんは何か心寂しい感じでした。

ほんのちょっとした意地から、たがいに睨み合って、解け合わずへんちくりんになってしまって、こじれた友情――をどう取り戻す術もないのは、何か咽喉にものがつかえているような、気持の悪い——と言って、こちらからへいへいして今更又元のように仲よしになってというのもいやだし——照ちゃんは考えると悲しい……はんとは照ちゃんの気質は仲よしの友達つくって毎日賑やかにじゃんじゃん遊ぶのが好きでならないのだけれど……。

（ああ、人生は思うようにならない！　私苦しいわ……）と照ちゃんは生れて初めて人生への煩悶を抱きました。

雨やどりして

放課前の一時間の授業のおしまい頃に教室の窓のあたりが、まるで灰色のカーテンでもおろしたように薄暗くなりました。空が曇って雨雲が出たのです。間もなく、ざわざわと校庭の樹々の葉裏を返して梢に風が鳴ると思うと、ぽつりぽつり大粒の雨の雫が落ちました。それまでは、まだよかったのですが——遠くの方からゴロゴロゴロッ——

お教室の中はいささか不安な顔がふえました。でも先生は落付いていらっしゃいます——だけどおしまいの鐘の鳴る頃まで雨の雫はあるか、なきか、ただゴロゴロだけがおびやかす様に時折続きました。

照ちゃんは級《クラス》のなかでも一番遠くから通学する生徒ですから、そんな時人一倍心細いのです。ともかく省線の駅まで無事に行きつければ何よりだと思って、さっさと、いち早く人をかきわけて昇降口を飛び出しました。そこには、もう近くの生徒のお家から傘など届けに来る女中さんが見えました。

照ちゃんはあの遠くの街中の自分のお店から小僧に傘など持って来させたら、夕方まで待っていなければならないと思って、勇敢に走り出しました。

そして途中まで丁度いつかシェパードの犬に吠えられて困った両側林の茂みの新開道を小走りにさしかかった頃——ぽつりぽつりの大粒がだんだん小粒に変化し、その数が増すと同時に今度はざあ——と音がして、ピカリッと稲妻です——傘のない照ちゃんは頭からズブ濡れになるより、もう仕方がないのです——

（運命だわ！）と照ちゃんは観念しました。敏ちゃん達と仲わるくすると（人生は苦しいわ）だの又雨に会えば（運命だわ）と思ったり、こう見えて照ちゃんはなかなか哲学者です。

　運命とはいえ、こんな雨に帽子から制服から濡鼠になるのも、あんまりみっともないので、ともかく照ちゃんは近くの林の茂みに飛び込みましたが、でも強い雨は梢の枝の間から遠慮もなく降り込むのです。ほんとに悲しくなって照ちゃんの二つの眼からも雨が降りそうになりました。

「やア――」

　その照ちゃんの前に男の人の声がしました。見ると、それは先日あの恐ろしい狼みたいな犬に吠えつかれた時の学生、楠本さんという人です。

「ひどい夕立でしてね、僕も帰る途中にやられましたよ。どうです、家へ来て暫く雨の止むまでいては――傘も貸してあげましょう」

　と、その人も雨に金釦《きんぼたん》の制服をさんざんと濡らしかけて照ちゃんにそう言うのです。

「え、ありがとう」

　照ちゃんは此の場合遠慮しても仕方がないと思って、少しはにかみながら楠本さんにくっついて、あの犬の事件の時、一度連れて行かれて見覚えのある大きな立派なお邸へ参りました。

門の入口の庭の笹の葉が、ざあざあと雨に打たれて居る敷石の道を楠本さんと一緒に照ちゃんは走りました。そして門玄関の格子戸を開けて二人は飛び込む様に、やっと雨を逃れてほっとしました。

女中さんが出て来て、照ちゃんの濡れた肩や袖口をタオルで拭いて呉れました。

「雷がやむまで、此処に遊んでいるがいいですよ」

と楠本さんは照ちゃんを案内して、いつかも通った表のお座敷近くの——今度は応接間に連れて入りました。

革張の大きな肘掛椅子に照ちゃんはちょこんとかしこまると、楠本さんは聞きました。

「どうでした。犬に噛まれた後、なんともなかったの?」

「ええ、あれっきり痛くもなんともなかったの」

照ちゃんも持前の気性で馴々しく快活に返事しました。

「うちの先生も、とても御心配でしたよ、だが何んともなくて、よかった、どれ貴方の来たことをお知らせしよう」

と楠本さんが、出てゆくと、すぐ先日の上品なお爺さんが楠本さんと一緒に来られ

て、

「ヤア、此の間のお嬢さんだな、犬の傷は別だんの事がなくて何よりだったな、今日は犬ではなくて、雷と雨とにいじめられましたな、ハ……」

と笑いながら照ちゃんと向い合せの椅子に付きました。照ちゃんは、ぺこりと叮嚀にお辞儀しました。

「学校へ女の子が通うのも大変じゃな雨に会ったり雪に会ったり――だが苦労はするだけ偉くなるものじゃ、あんたの家はよっぽど遠いのかな?」

お爺さんは女学生というものが珍らしいらしく、そんな風に話しかけました。

「ええ、とても遠いんですの、私のところ下町の通りよ」

照ちゃんはお爺さんをお友達扱いして御返事しました。

「ホウ、じゃあ大変だな、此処まで通うの――あんたの近くに女学校は一つも無いと見えるな」

お爺さんが申しました。

「いいえ、すぐ近くにもありますわ」照ちゃんが申します。

「ホウ、で、その女学校へは行かんのだね」お爺さんが不思議そうに問いました。

「そこへ私あがり度かったんだけれど――あのウ落第しちゃったんですもの！」照ちゃんは天真爛漫です。

「ホウ、それは困った喃、ハッ……」

お爺さんは面白そうに笑いました、楠木さんもふきだしました。

「あんた御姉妹はたくさんお有りかい？」

お爺さんは、この無邪気なとんきょうな女学生にますます興味を持ったらしく問い出しました。

「兄さんと私きりよ、それにお父さんとお母さん」

「ホウ、お父さんは何をしていらっしゃるのかね」お爺さんはますます面白がって――

「あのウ、お酒屋さん」

さんまでつけて、照ちゃんは御返事しました。

「あの町の酒屋ですか、貴方のお家は――」

と吃驚したように楠本さんが声をかけました。その声で照ちゃんも又びっくりして楠本さんの顔を見詰ました。

「じゃあ、貴方のお店の裏に貸家がありませんか——」楠本さんが熱心に問いました。

「ええ、あるわ、今お挿花の先生に貸してあるのよ」

照ちゃんは説明しました。そして此の人よく気味の悪いほど裏の貸家のことまで知ってること。占いの人かしらとへんに思いました。

「ホウ、ではあんたのお家は貸家持の大家さんじゃな」お爺さんがにこにこ笑いました。

「でもね、大家さんって言っても、その貸家からはもうお家賃なんか貰わないのよ」

照ちゃんは無邪気の自慢げに言いました。

「ホウ、なぜじゃ、家賃を取らんで、ただ家を貸すとは近頃珍らしい大家さんじゃなハ……」

お爺さんはますますこの奇抜な女学生の言葉に面白がりました。

「だって、そりゃあ裏のお家可哀想なのよ、お母さん一人と女の子一人きりよ、そのひと私と同じぐらいなの、でも女学校ちがうのよ、そのひと久美子さんていうのよ、——お隣りの敏ちゃんと二人で近くの女学校に入れたんですもの」

照ちゃんがそう言った時、楠本さんは思わず何か言い出そうとして、邸の御主人のお爺さんの方を見て又黙ってしまいました。

「ホウ、その女学校にまで入ってる娘のある家から何故家賃を取らんかね？」

お爺さんは照ちゃんが面白い女の子なので、なんでも話をさせたくて仕方がないようでした。

「だってね、そのお挿花の先生の奥さんとってもお上品ないい方なの、だけど、お挿花のお弟子まだ少なくて、きっとお金がないのね、そいでもお家賃はきちんきちんと下さろうとして、とうとうお隣の敏ちゃんのお家ね、質屋さんよ、そこへ大切な指輪持って行ったんですって！　だからうちのお父さんもお母さんも、とっても同情したの、そしてもうお家賃貰わないでいいって——ただでいつまでも居て下さいってお話したのよ——」

照ちゃんは自分のお父さんお母さんのことも一寸自慢しました。

「ホウ、それは感心なお酒屋さんじゃな」

お爺さんは感心したので、ますます照ちゃんは得意です——外を見ると、おしゃべりしている間に、いつか雨もやんで西日がきらきら庭の樹にあたっています。

「私もう帰るわ、いろいろありがとうございました」照ちゃんは、朗らかに椅子を立ち上りました。

「あんたはなかなか無邪気で面白い子じゃ、又時々ここへおよりなさい、そして面白い話を聞かせて下さい、ハ……年寄は退屈じゃから、あんたのような女の子の話が一等面白い、ラジオの放送より面白い、ハ……」

お爺さんはこう言ってお玄関まで送って出ました。照ちゃんはおしゃべりを褒められてこれも大喜びで、その邸のお門を出てゆきました。

その後姿をじっと見送って居た楠本さんは御主人のお爺さんに向って、少し改まった調子で申しました。

「先生、只今の女の子の申しました、貸家に棲んでいる可哀想な母子と申すのは、お亡くなりになった若先生の未亡人とそのお嬢さんの久美子さんです！ 僕は先生にないしょで其の貸家を探しに参った時、その酒屋の店先で遊んでいた子が、どうもさっきの女学生らしかったですが……」

「なにっ！」お爺さんの白い眉は見る見る険しくひそみ大変不機嫌になりました。

「亡くなった正彦がわしの許さん妻を持った以上、その妻や子供がどうなろうとわしは一切知らん、楠本お前も以後出過ぎた真似をして勝手に、その女や子供の世話などしてはいかん、もし又そんな事をすればお前の学資も出してやらんし、此処にも置く事は出来んぞ、いいかッ」と叱りつけました。

「お言葉をお返し致すようですが——ともあれ久美子さんは先生のお孫さんに当るのですから………」

と言いかける楠本さんの言葉も耳に入れず足音荒々しくお爺さんは奥へ入ってしまいました。


(今日の帰りは、とても暑そうだなあ)

照ちゃんは、そんな事を考えながら朝の登校の道を歩いて居ました。その日は少し遅れて家を出た照ちゃんは、これから遠いあの学校まで——もしかしたら遅刻するかも知れないと気が気でない——だから向うから(朝顔オー朝顔オー)と呼び売の花屋さんの荷にぶつかるほど夢中で足をいそがせて、照ちゃんが電車への乗り場へ出た時、

「照ちゃん照ちゃん」

と息せき切る様に呼ぶ声がしました。それはもうちゃんと小さい時からのお馴染で聞覚えのある敏ちゃんの声でした。

でも、思えばまあ何んと久しぶりに、その声を聞くことでしょう……懐かしい其の

声よ――だが照ちゃんは心でそう思っても、意地にもそんな感情を表面に現すことはいやでした。

(何も私が悪いのでもないのに、こっちから仲なおりの態度に出るのは、いやなこった!)

照ちゃんはそう思ったのです。だから折角久しぶりで敏ちゃんがわざわざ追いかけて来て「照ちゃん照ちゃん」と呼ぶ声にも知らん顔しました。

「照ちゃん、私よ、一寸ッ」

敏ちゃんは大声で後から、また呼びました。敏ちゃんの通学の道順はもう越して居るのに、わざわざ電車道まで追いかけて来ているのです。

照ちゃんは思い切って、一寸立ち止りうしろを振り返りました。そこに敏ちゃんが立っています。気のせいか懐しそうな眼付でした。だが照ちゃんは気強く――

「私いそぐから、ごめんなさい」

と一言言ったきり、再びくるりと向うをむいて、さっさと歩き出しました。その態度に敏ちゃんも仕方がないと諦らめたのか、もう追っては来ません。

それから間もなく照ちゃんは電車のなかで、

（ああ痛快だった！）

と思いました。そう思ったすぐ下から何んだか取り返しの付かない寂しい気持になりました。折角敏ちゃんが今朝優しく懐しそうに、私の名を呼んだのに、あの時こそ再び昔の友情を取り戻す絶好の機会だのに――何故あんな意地を張ったのかしら？

やっぱり素直に優しくゆっくりとお話すればよかったのに――とも思う、でもやっぱり、あの時一度はツンツンしてやりたかったんだものと思う、ともかく照ちゃんは今朝久しぶりで敏ちゃんに呼び止められた事で心が胸がいっぱいになって居ました。

それにつけても、あの敏ちゃんが一人だったのはおかしいと思いました、いつも久美子さんと二人できっと学校へ行く筈なのに、どうしたのかしら？　此の間お二階の窓から下の露路を歩いてゆく久美子さんを、そっと見おろして居た時、敏ちゃんを呼んで、（お母様御病気だから欠席届持っていって頂戴）と頼んで居たから、まだ久美子さんのお母様お悪いんだわ、可愛想に――と思ったが、誰が知るものか、大家さんの娘の私を仲間はずれにして敏ちゃんとばっかり仲よくしている人なんか、どうなったっていいわ、かまわないッ、同情なんかするもんか、向うだって私に同情されれば迷惑がるわ――と、照ちゃんはあくまで意地強く敏ちゃんと久美子さんを心で睨みつけるのでした。

さて、その日の帰り道は、土曜日で日盛りに帰るので照ちゃんが朝想像した様に、ほんとに暑くなりました。午前の太陽より午後の太陽の方がいっそう重苦しく暑くて身体にこたえます。

（早くお家へ帰ってお店の冷蔵庫のサイダーをお母さんにねだって飲もうや）と照ちゃんは、それを楽しみにせっせと省線の駅への道を辿りますと、その後から一台の自動車が砂埃をあげて走って来ました。ぱあッと車輪のまわりに巻き上る道端の砂埃に照ちゃんは（おおひどい）と眉をひそめて脇へよりますと、その自動車の窓の中には、そら、あのいつか犬に吠えつかれた時と、それから雷様の雨やどりとで二度も入って行ってお話したお爺さんが、きちんと一人で腰かけて居ました。

「あら！」

照ちゃんは愛嬌よく笑いかけてお辞儀しました。

（おう）という様な声を出して、車の中のお爺さんは運転手に車を止めさせました。

そして車の窓が開かれて、あの上品なお爺さんが顔を出して、

「今お帰りかね、駅までこれへ一緒に乗っておいで」

と手招きしました。

「ありがとう」

照ちゃんは、いったい生れ付き人見知りしない性質ですから、すぐ車に近寄って運転手さんの開いて呉れる扉《ドア》から入りました。

「さあ、こっちへおいで」

とお爺さんの言うままに其のお隣りにちょこなんと据りました。

「こう暑くては学校通いも大変じゃね、夏休みになったら何処かお行きかな?」

とお爺さんは走る車のなかで照ちゃんに話しかけました。

「ええ、私海水浴でも山登でも、とってもしたいのよ、でもうちお店が忙しくてお父ちゃんもお母ちゃんも兄ちゃんも働らいてるでしょう、お盆の時はなお忙しいのよ、でも夏休には二日でも三日でもお父ちゃん達と温泉ぐらいへは行けるわ――」

照ちゃんは快活に答えました。

「ホウ、そうかい、それで、そのあんたの近所の娘さん、そら何んと言ったのう」

とお爺さんが言い出すと、

「敏ちゃん?」

「いいや、それあんたのところで家賃を取らずに貸して置くという家の娘――」

お爺さんが口ごもりますと、

「ああ、久美子さんよ、そこのお嬢さん――」

照ちゃんが教えました。

「そうそう、その久美子という娘じゃが、いったい、その子はどんな子かね、あんたのようにいい子かね、又は意地悪のいやな子かネ?」

お爺さんは、いつか照ちゃんが一寸お話した近所の娘のことまで覚えて居て、こう問うのでした。面白いお爺さんだこと、きっと此の人女の子の話いろいろ聞くのが、とっても好きなんだわと照ちゃんは思いました。

「そうね、久美子さんまるで私みたいじゃないわ」

照ちゃんは申しました。

「ホウ、じゃあ悪い子かな?」

「いいえ、そうじゃないわ、私より美人で利口できっと学校出来るのよ、だから敏ちゃんなんか、とってもへいへいしてるんですもの」

「じゃあ大変いばってる子かねえ……」

お爺さんはとても久美子さんの事を熱心です。

「いいえ、いばってるんでもないの、だのになんとなく敏ちゃんへいへいしてるんですもの」

と照ちゃんがうらめしそうに言いました。

「では、つまり人に好かれる子かな?」

お爺さんが言いますと、

「まあ、そうかも知れませんけど……」

照ちゃんは、なんだかあんまり久美子さんを褒めるのも、つまらない気がしました。だって今じゃあんまり仲よく遊ばない人ですもの……。

「あんたも、その久美子という子を好きかね?」

お爺さんに問われると、さあ照ちゃんはすっかり考え込んでしまいました。

「好きにまだならないうちに、遊ばなくなってしまったの、だって久美子さんは敏ちゃんと同じ学校でしょう、あっち二人組んで仲よしなの、そして私此頃ちっとも一緒に遊ばないんでしょう、だから、いい人か悪い人かよくわからないの?」

照ちゃんは、確にもし久美子さんともっと親密に遊ぶ機会があったら、こんな答えはしなかったでしょうが――残念ながら今のところ久美子さんにそう好意が持てないのでした。

「フーム、あんたの様な面白い子とあまり遊ばぬとは怪しからんな、ことに家をただで借りてるくせに――」

　お爺さんは照ちゃんの味方になって、そう言ったので照ちゃんはとても御機嫌でした。

「その久美子のお母さんという人は、どんな婦人かね？」

　お爺さんは、今度は久美子さんのお母様について質問を初めました。

「そうね、そのお母様、とっても評判がいいの、うちのお父ちゃんも、とても褒めてるわ、お上品で綺麗でほんとに立派な奥様だって――私もそう思うわ、いつか久美子さんのところへお呼ばれした時おいしいちらしずしだのお吸ものだの御馳走になったわ――」

　照ちゃん食べものの事はよく記憶して居ります。思えば久美子さんのお母様も照ちゃんにいつか御馳走して置いて仕合せでした。

「フーム、そんなに人に褒められる様な女の人かな？」

お爺さんは首をかしげました。

「ええ、みんな褒めて同情してるわ、うちのお父ちゃんもお母ちゃんも敏ちゃんのお父ちゃんも――敏ちゃんのお姉さんの春代さん奥様のお挿花のお弟子よ」

照ちゃんはぺらぺらしゃべりました。そのうちもう省線の駅の前へ自動車は着きました。

「どうも、ありがとうございました!」

照ちゃんは、さっさと車を降りると、お爺さんは、ニコニコして「又その久美子達のお話をしてお呉れ」と言いました。

(ずいぶん面白いお爺さん、私達小さい女の子の噂なんか聞いたりして――)

と照ちゃんには其の日から、そのお爺さんが不思議な人に思われて来ました。

照ちゃんはお家へ帰ると(ああ暑い暑い)と言って桃太郎さんが鬼ケ島から凱旋した様に赤い顔していばって、お母さんにねだってお店の大きい冷蔵庫からサイダーを一本出して貰ってコップに泡の立つのを呑みながら、

「今日ね、私学校帰りに面白いお爺さんに自動車に乗せて貰ったのよ、その人、いつ

か私が犬に吠えられた時そのお家へ連れて行かれた、そこのお爺さんよ――」

照ちゃんはお母さんに話しかけたのですが、お母さんはお店の帳場で忙しそうに何かしながら、ろくに照ちゃんの話に耳もかさず――

「照ちゃんや、あんた此頃ちっともお裏の久美子さんと遊ばないんだって――」

とお母さんはお母さんで勝手にこんなことを言い出しました。

「ううん、何も遊ばないってんじゃないわ、あっちが意地悪なんですもの……」

照ちゃんは困った様な顔をしました。

「久美子さんが意地悪の筈はないよ、今日もね、お母さんはお裏の奥様が長く御病気のようだから一寸お見舞にあがったのだよ、そしたら奥様が心配して言ってらっしたよ、此頃宅の久美子とお宅の照ちゃんが少しも御一緒しない様ですが、何か照ちゃんに久美子が失礼したのでしょうか――って――」

「だから、お母さんその時なんて言った？」

照ちゃんは我母が何んと答えたか心配になったらしい。――

「いいえ、そんな筈はございませんよ。早速今日にも照を遊びによこしましょう――って母さん言って置いたよ」

と言われると照ちゃんはいかにも自尊心を傷つけられた様にぷっとふくれてしまって、

「ずいぶんね、何も私からそうへいへいして行く事ないわ、もし遊びたければ向うから来ればいいいじゃないの?」

照ちゃんはサイダーに咽びながら不平そうに母の言葉に不服を唱えました。

「そんないばる事ありませんよ、久美子さんはお母さんが御病気で此頃毎日学校休んで看病していらっしゃるんだよ、御覧、お隣の敏ちゃんなんか毎日のように学校から帰ると久美子さんを手伝ってお薬取りに行ってあげたり、久美子さんの休んでいる間の学校のノート貸してあげたり、それは大仲よしして居るのに、この同じ近くに居るお前だけ、ちっとも知らない顔してお見舞にも行かないって法がありますか、今すぐお見舞にだけでも行っておいで、さもなくばほんとに照ちゃんはお友達に意地悪だって言われますよ」

と散々お母さんに叱られてしまいました。

「じゃあ、今お見舞に行くわ」

照ちゃんはついに渋々お見舞にゆくことにしました。思えば久しぶりで出かけて会う久美子さんのお家です。

出かけると言っても、すぐ裏続きのいわばお離れも同然ですから、照ちゃんはサイダーを飲み終ると冷たい水でお顔をごしごし洗ってさて出かけました。

「ごめんなさい、久美子さんいらっしゃる？」

お母さんが御病気だから久美子さんがお家に居るのちゃんとわかって居ても、そう声をかけましたが、さて、いままで怒ってツンツンして居たのに、俄に自分からやって来たりして、少しきまりの悪い思いで、声がこわばってしまいました。

そこへ足音がして現れたのは久美子さんと思いの外、なんと敏ちゃんじゃありませんか――

「あら、照ちゃん」

敏ちゃんは世にも不思議なことがあるもんだという表情を示しました。それもその筈、今朝わざわざ追いかけて「照ちゃん照ちゃん」ってあんなに大きな声で呼んだのに、知らん顔してずんずん行ってしまって、一寸振り返ったと思ったら、とても冷淡な口調で「私いそぐから、ごめんなさい」と言ってくるりと向うむいてしまった照ちゃんが今日何思い立ってか突然久美子さんの処へ来たのですから敏ちゃんが妙な顔をしたのも無理ではありません。

「私お見舞に来たのよ」

照ちゃんは他人行儀に言って敏ちゃんに馴々しく振舞いません。

「そう、どうもありがとう、いま久美子さんにそう言って来てあげるわ」

敏ちゃんは奥へ入りました。へーえ、まるで久美子さんのお家の人みたいに毎日ここに来ているのかしら？　照ちゃんはそう思うと、いつの間にか暫く自分一人が仲間はずれになっているうちに、もう敏ちゃんはすっかり久美子さんと姉妹みたいになって居る様なのが羨やましい様な口惜しいような妬ましい様な言うに言えない気持になってしまいました。

そこへ久美子さんが出て来ました。叮嚀にお辞儀して、「どうもありがとう、お母様が喜こんでらっしゃるわ、照子さん此頃少しもお見えにならないから、久美子何か喧嘩したのって聞かれて私困って居たんですもの……」と久美子さんがほんとに困った様な顔をすると照ちゃんはまごまごしました。

「私ただ学校がいそがしかったから、一緒に遊べなかったのよ」

なにも照ちゃん大学に入っているわけじゃなし久美子さんや敏ちゃんより特別に忙しいって理由はなかった筈だったが、そう言ってしまいました。（ああ、私はやっぱり本当に心からいつまでも怒っていられない性分なんだわ）照ちゃんは嘆かわしい気持になったのです。

「お母様、照子さんいらっしたわ！」

と久美子さんが嬉しげな声をかけて照ちゃんを案内して奥の一間——（もともと二間位いの家だけれど）に久美子さんのお母様はやつれて青白い花のように寝ていらっして、

「どうもお見舞いありがとうございます。お久しぶりでしたこと、照子さん」

そう御挨拶されると照ちゃんは、かたくなって（お大事にお大事に）と同じ事何度も言って幾つもお辞儀して立ち上って戻ると、その次の間から見える小さいお台所では敏ちゃんが久美子さんを助けて甲斐甲斐しく氷を割ってお母様の氷枕に入れるお手伝いをして居ます。お友達のお母さんの病気と聞いて、こうして放課後毎日来てお友達を助けて氷を割ったりお薬を取りに行ったりする敏ちゃんの友情は何んと美しく深いのか——だのに私はもうそのお仲間をはずれて——照ちゃんはきゅうに寂しくなってしまって、すごすご帰ろうとすると、

「照ちゃん、待ってて、私も今すぐ出かけるのよ」

と敏ちゃんが呼び止めました。今朝とちがって照ちゃんはもう知らん顔などせず素直に待って居ました。

「じゃあ、久美子さん行って来ます」

敏ちゃんは氷枕が出来上ると空いたお薬壜持って照ちゃんと出かけました。

「照ちゃん、今日は土曜日だからそう忙がしがらないでもいいでしょう」

と敏ちゃんが皮肉を言いました。

「ええ、いいわ」と照ちゃんがもじもじしました。

「そんなら、これから病院まで私と一緒に行って頂戴よ、お薬取りに――」

「ええ行ってもいいわ」

照ちゃんは、それで敏ちゃんと二人ならんで、久しぶりにほんとに久しぶりに街のなかをならんで歩きました。

「ねえ、考えるとおかしいわね、どうして私だち仲たがいみたいになったのかしら?」

敏ちゃんは此の問題をまず第一に解決したい様に言い出しました。

「お祭の日からよ」

照ちゃんも、今日はいっそ何もかも打ち明けて、さっぱりした方がいいと思ってはつきり言うのです――

「えっ、お祭の日から――そう？　どうして、あの日から照ちゃん怒ってしまったの？」

敏ちゃんは、自分ではあの過ぎたお祭の日にそんなに照ちゃんを怒らせるほど悪いことした覚えのない様でした。

「敏ちゃん、もう忘れたの、だから私怒っても張合いがないな――だってあの日三人とも学校から帰ったら一緒にお祭の街歩くってちゃんと約束したのに、敏ちゃんも久美子さんも遅くまでとうとう帰って来ないで私一人で待ちぼけだったのよ、それから怒ってしまったの――」

照ちゃんはよく自分の怒った理由を説明しました。

「あら、そうだったの――あの日、どうして私遅くなったのかしら？……でも、その翌日は久美子さんと二人で照ちゃんとこへお迎えに行ったの覚えて居るわ、そしたら、まだ学校から帰らないって――私達こそ裏切られたのよ」

「ええ、あの翌日は私口惜しいから植物園へ学校の人と行ったの――」

と照ちゃんは言い出して、やっぱりあの日しみじみ思ったことは昔から仲よしの敏ちゃんと遊べない悲哀だったと考えて黙りこくってしまったのです。

「あっ思い出したわ、そうよ、お祭の日よ、久美子さんと私お母さんのお墓詣りに行ったのよ」

敏ちゃんが、あの日の行動をはっきり思い出しました。

「照ちゃんとの約束忘れたわけじゃないけれど、ついお母さんのお墓へお詣りしたくなって久美子さん誘ったの、そしたら偶然久美子さんのお父さんのお墓もその近くだったのよ、そして久美子さんからいろいろお話聞いて二人とも悲しがって遅く帰ってしまったの――だから照ちゃんごめんなさいね、もう怒らないで、やっぱり三人仲よししましょうよ、それでないと久美子さんのお母様も心配なさるし、私と久美子さんとが照ちゃんに意地悪しているようですもの――」

敏ちゃんにそう言われると、もうこの辺で照ちゃんも怒るのやめようと思いました。

「ええ私かまわないわ、仲よくしたって――」

という返事です。

「そして、久美子さん慰さめてあげない、可哀想よ、お母さんと二人きりのところ、そのお母さんがああして病気でしょう、心細いわねえ、だから私毎日お手伝いに行ってあげてるのよ」

「私も明日から行くわ、今日お医者さんのお家覚えたら毎日お薬は私取りに行く役受け持ってもいいわ」

照ちゃんはもう怒る役を止めて仲よくする決心したら、もともとさっぱりした快活な子ですから、すっかり打解けて、大いにこれから久美子さんを助けるつもりで、楽しげに敏ちゃんとお医者さんの家へ歩みを早めました。

敏ちゃんと心と力を合せて、親友の久美子さんを助ける――それはほんとに素敵なことだと照ちゃんは勇み立ったのです。

母上の病篤《あつ》し

照ちゃんが敏ちゃんとも久美子さんとも、今までの仲たがいを、あっさり忘れて元の仲よしになる時がいよいよ来ました。

それは久美子さんのお母様の御病気からです。照ちゃんは自分から進んでお薬取に病院に出かける役を引き受けました。

実はもうそろそろ学年末の考査が初まって居るのですが、照ちゃんは御勉強よりも、お友達のお母様の看病を助けるという方に、より昂奮を感じて居たようです。何しろ、じっとお机の前に据って考え込んだりするよりは、外に出てどんどん活躍する方が生れ付き性に合っている照ちゃんですから、学校から帰って来ると直ぐに裏の家へ駈け付け、お薬壜持って、てくてくとお医者さんの御門へゆく事が少しもいやではなかったのです。

敏ちゃんは敏ちゃんで氷を割るお手伝いをするし、お華道のお弟子の一人の春代姉さんは御病人の重湯を煮たりスープを作ったりして持って来ます。まるで御近所総出で久美子さんを応援している騒ぎでした。

だのに、そんなに皆が手伝ってあげても、どうしたのか、さっぱり久美子さんのお母さんの御病気はよくなりませんでした。

その日も照ちゃんがお薬取りのお使いに行って久美子さんのお家へ届けに入ると、今お医者さんがお帰りになった処でした。

その入口には敏ちゃんと久美子さんが悲しそうにぼんやり立っていました。

「はい、お薬――」

差し出すのを受け取って久美子さんが、

「どうも、ありがとう、お母様の枕元へ置いて来ますわ」

と奥へ入った後、敏ちゃんは、

「照ちゃん、ちょっと……」

と手まねきして、自分も靴を履き露路の方へどんどん出ました。敏ちゃんも照ちゃんも、まだ学校から帰ったまま制服も脱がず、そのままで久美子さんの処へ駈けつけて来ているのです。

敏ちゃんが何か秘密のお話があるらしく、露路の方へ誘うので、照ちゃんも付いて出ました。

このふたりが、なんと久しぶりで二人きりで会う、思えば懐かしい露路でしょう！

夏の陽はかたむいて、露路の通りは少し仄暗く白い蛾が一つ寂しそうに飛んでいます。

「照ちゃん、久美子さん、とっても可哀想なのよ、お母様はね、どうしても入院なさらないといけないんですって、お家では手当がよく届かないし、気を付けないと腹膜炎を起すかも知れないって――どうしましょう……」

　敏ちゃんが今日お医者さんの仰しゃったことを告げるのです。

「まあ、そう、じゃあ大変ね！　入院すればお金もかかるわ――お家賃だって大変だのに――」

　照ちゃんが言いました。

「ねえ、照ちゃん、久美子さん一人と御病気のお母様ひとりじゃ――どうしていいか、わからないでしょう――」

「そうよ、だから、そうなれば、うちのお父さんや敏ちゃんのお父さんが助けるより仕方がないのね」

　照ちゃんはうちのお父さんも敏ちゃんのうちのお父さんも、きっと久美子さん母子を助けてあげるとは信じて居ました。

「じゃあ、ふたりでお父さん達によく言いましょう、お父さん達もとてもお気の毒だって心配していたんですもの――」

　敏ちゃんはそうしようと相談するのです。

「賛成よ、そうしましょう、だけど久美子さんて、どうしてお母様と二人ぼっちなんでしょう、あんまり寂し過ぎるわね……」

照ちゃんは心からしみじみ此の場合同情せずには居られませんでした。

「そうなのよ――でもね、ほんとは立派なお祖父様がいらっしゃるんですって――」

敏ちゃんが教えました。敏ちゃんだけ知って居た久美子さんの身の上の秘密を――

「えっ、立派なお祖父様が居るのに、なんだって少しもかまってやらないのでしょう、おかしいわ！」

照ちゃんが眼をぱちくりさせました。

「それには、わけがあるんですって――私ね、そらあのお祭の日、照ちゃん怒らせてしまったのは、久美子さんとお墓詣りに行ったからでしょう、その時うちのお母さんのお墓の近くに久美子さんのお父様のお墓が有ったのよ、とても立派なお墓でしょう、だから久美子さんのお父様ずいぶんお金持だと思ったの、そしたら、お父様がお金持じゃなくて、お祖父様が偉い方なんですって――だのに、そのお祖父様が、久美子さんとあのお母様を嫌いで、よせつけないんですって！」

敏ちゃんの話に、照ちゃんは大いに憤慨しました。

「まあ、根性曲りのお祖父さんね！　あんないいお母様と久美子さんを嫌いだなんて

――」

「そうよ、きっとそのお祖父様は久美子さん達を誤解しているのよ、私そう思うわ」

敏ちゃんは夕闇のなかに眼鏡を光らしてませた口振で申しました。

「そのお祖父さん何処にいるの、ずっと遠くに居るの？」

照ちゃんは、そんな意地悪のお祖父さんがもし近くにいたら、其処へ行って久美子さんがどんなにいい子か教えてやりたいと思ったのです。

「そのお祖父さんね、東京と京都に一年の半分ずついるんですって……」

敏ちゃんも、それより外委しい事は知らないのです。恐らく久美子さんも御存じないのでしょう……

「そのお祖父様が、今久美子さんを助けなければ外に親類って無いのね――」

照ちゃんは外に誰か久美子さんのいい伯父さんか叔母さんが居て呉れたら、ほんとにいいと思ったのです。

「外には、そら初め照ちゃんと二人で往来で遊んで居た時、あの裏の貸家札見て照ちゃんのお店に入った大学生の人居たでしょう……あのひと正雄さんて、元久美子さんのお父様のお弟子みたいな人で、あの人一人お父様がなくなってからも、とても親切にして下すったのですって、だけど、その人お祖父様の処で学費出して貰って書生をして居るので、お祖父様に叱られるから、久美子さんのお母様が遠慮して来ないようにと仰しゃるので、此頃来られないんですって……」

敏ちゃんの説明をじっと聞き入っていた照ちゃんの頭のなかには、ふと、あの学校通いの途中シェパード犬に吠えつかれたのが縁となって雨やどりをしたり、度々話をした不思議な上品な老人の姿が浮び上りました。

（そうだわ、あのお爺さんばかに久美子さんの話を聞きたがって居たわ、利口な子かの、母親はどんな人だのって――そして、楠本さんて書生さんも――）

思い出すと照ちゃんは飛び上る様な気持でした。

「敏ちゃん、私に久美子さんの事をよく聞くお爺さん知ってるわ……」

といきなり言い出しました。

「えっ、そんなお爺さん、どうして照ちゃん知ってるの！　いったい、ど、どうしたの？」

敏ちゃんも夢中になりました。まったく露路は暮れて街中の蚊は居ないのですが、でも露路の夕闇には人を刺すような小虫がブーンブーン飛んでいますが、二人の女の子はまるで夢中です。

そこで照ちゃんは、そもそも通学の途中で或日散歩中のお爺さんの連れて居た狼みたいな犬に吠えつかれた事件から委しく敏ちゃんに話しました。

二人の冒険

「まあ、その話、何故今までしなかったの！　ずいぶんね」

敏ちゃんは照ちゃんのお話を聞き終ると、さも怨めしそうに言うのです。

「だって、話す時なかったんだもの、今まで私達喧嘩みたいに口もきかなかったし、一緒に遊びもしなかったんだもの……」

照ちゃんも言い返しました。

「ほんとに、喧嘩すると損するわね」

敏ちゃんも、しみじみ後悔しました。こんなことなら、もっと早く仲なおりをしておけば、よかったと思ったのです。

「だけど、そのお爺さんが何も久美子さんのお祖父さんだという証拠はないわ、ただ、私今貴女から久美子さんの秘密のこと聞いて、もしかと思っただけだもの」

照ちゃんも、まだあのお爺さんが久美子さんのお祖父様と信じるわけにもゆきません。

「その大きなお邸の表札に何んて書いてあった？　久美子さんのお祖父様がお父様の親なら同じ宗像って名かも知れないわ」

敏ちゃんは考え深い眼をしたけれど、照ちゃんはさあと首を曲げて――

「だって、あんまり大きな御門なんだもの――表札なんて読まなかったわ、それにお邸でしょう、だから別に田中屋だの福澄質店だのって看板出ていないんですもの――」

「あーら、いやねえ、お邸でお店みたいに看板出す家ってないわ――でも、その書生さんの楠本さんて人、いつか裏の貸家見に来た学生の人じゃない……」

敏ちゃんに言われると、うっかりしていた照ちゃんも、そうかなあーと気付いて、

「そう言えば、そんな気もするわ、私まだ不良じゃないでしょう、だから男の学生の顔なんてよく覚えたりしなかったから……」

と弁解しました。

「ホホホホ人の顔覚えたから不良ってことないわ――だけど、照ちゃん、そのお爺さ

んが久美子さんのこといろいろ貴女に訊くのおかしいと思わない?」

敏ちゃんは心のなかで、どうか、その人が久美子さんのお爺さんだといいのにと祈るのです。

「でも、それも私が御近所の女の子のお話したからなのよ、久美子さんだの敏ちゃんだの、みんな女学校が違ってから冷淡だって言いつけたのよ」

「まあ、いやな人ね、どこのお爺さんだか、ろくに知れない人に私の事まで言い付けたりして」

敏ちゃんは怒りました。

「だって、私そんな年齢取った人と別に何もお話することなかったから、ついしゃべっちゃったのよ、でも、それがいけないって怒るんなら、怒ればいいわ、また喧嘩して仲悪くするわ」

照ちゃんもツンツンしておどかしました。

「ああ降参降参、照ちゃんは強情でなかなか仲なおりしないから、喧嘩はこりたわ、それに久美子さんを助ける為に二人とも共同一致しなければいけないのよ」

敏ちゃんは賢く今此の場合、照ちゃんと仲たがいなど決して、したくないと思うのです。

「そうね、共同一致！」

照ちゃんが大きく声を出しました。だが敏ちゃんはじっと黙って考え込んでいましたが、決心した様に、

「ねえ、照ちゃん、そのお爺さんに久美子さんのお母様今大病で、久美子さんが可哀想だって、よくお話してみない、もしほんとうのお祖父様ならきっと少しは驚くわ、そしたらわかると思うわ」

と言い出しました。

「そうね！　いい考えだわ、私これから、すぐあのお邸へ行くわ、そしてあのお爺さんにお話するわ、そしてもし久美子さんのほんとのお祖父様だったら、私首に縄つけても引張って来るわ！」

思い立つと直ぐにも実行したがる照ちゃんは、今にも馳け出しそうにするのです。

「まあ、照ちゃん、今日すぐ行くの！」

敏ちゃんも照ちゃんの気の早いのに呆れました。

「だって、今まで喧嘩分れみたいで、そのお爺さんの話敏ちゃんや久美子さんにしな

かったお詫びに私今日すぐ行って其のお爺さんが久美子さんのお祖父さんか、どうかたしかめないと気がすまないわ！」

照ちゃんは、いったん仲なおりすると、こんなに熱情家でした。

「照ちゃん、ありがとう、そんなら私も貴女と一緒にそこへ行くわ、もう暗くなったから一人じゃ心細いでしょう」

敏ちゃんも照ちゃんの勇敢さに巻き込まれました。

「そう、じゃあ二人で行きましょう、私定期券持ってるから、あすこまで何度省線に乗ってもいいのよ」

と照ちゃんは赤い細いリボンでポケットに付けてある、セルロイドのサック入りの薄桃色の定期券を出しました。

「私だって電車に乗るお金ぐらい、いつでもあるわ」

敏ちゃんがポケットのお財布を手で抑えました。

「まだ、御飯前ね——どうしましょう、お家へ一寸言って行きましょう」

敏ちゃんは、よく気がつきます。そして二人が田中屋の店へ入って、二人が出かける事を福澄へも知らせる様に頼もうと思うと、折から夏のお盆でお中元の騒ぎで、田中屋のお店はビール半打の箱入りの御進物の注文やら果物缶詰、詰合せの籠を注文主の頼む家へお届けするやら、サイダーを冷蔵庫から出して自転車で兄さんの栄吉さんがくばるやら、戦争のような騒ぎで、照ちゃんのお母さんは電話口に出て何やらハイハイ言っていますし、兄さんやお父さんの姿も見えません――

「いいわ、それより早く行って帰って報告すればいいのよ、そのお爺さんのお邸省線降りてから、かなり有るのよ、私の学校へゆく途中昼間だって静かなんですもの、夜になると怖いから急いで早く行きましょうよ」

照ちゃんはこう言って敏ちゃんを、せき立てました。今は敏ちゃんも照ちゃんから聞いた、その不可思議な謎の老人がもしや久美子さんの――と思うと、まったく一刻も早く行って見たいので胸がわくわくして、二人はまったく何もかも忘れて昂奮していました。

ですから田中屋のお店の混雑を見て、二人は行く先も告げず、そのまま電車道へ暮れゆく夏のゆうべを小走りに急ぎました。

助けを呼ぶ声

照ちゃんと敏ちゃんが二人手を取り合って夕まぐれの街の道に出て行ってから、間もなくでした。

ぱたぱたと慌しく久美子さんが田中屋の店へ馳け込みました。そこには店の混雑がひとしきり済んで灯の下のお帳場で帳付けをしてる照ちゃんのお母さんが居ました。

「小母さん、大変なの！　早くお医者さんへお電話かけて下さいね！」

と泣きそうな声を張り上げました。

「お母さんが、どうしました。いけないんですか！」

照ちゃんのお母さんも吃驚して立ち上って電話の前へ走りました。

「さっきまではよかったんですけれど、今息が苦しそうで、いくら（お母様）って呼んでもただ苦しそうに……」

と言いかけて、堪えかねた涙が、長い看病にやつれた久美子さんの頬に流れ落ちました。

「そ、それは大変です！　今すぐお医者さんへ知らせますよ――」

とお母さんは電話を病院へかけましたが、お医者様はまだ午後の廻診からお帰りにならないというのです。

「ああ困った、久美子さんお医者様はまだお留守ですよ、どうしましょう、それでは外のお医者を迎えに出しましょう」

とお母さんまで、うろうろしますと、折よく配達をすまして自転車で帰った照ちゃんの兄さんの栄吉さんが店へ戻って来ました。

久美子さんのいじらしい涙、お母さんの困った顔を見て、かかりつけのお医者さんの留守と聞くと、

「いいや、そんなら直ぐ自転車で外の病院へ行って、誰でもお医者さん引張って来てあげよう、それから照ちゃんも看病の手伝いにすぐ裏へやるといいですよ」

と言い置くと疲れた身体を又自転車に乗せて走り出しました。

「久美子さん、すぐお医者さんをお連れしますから安心なさいよ、そしてお母さんの枕もとへ付いていらっしゃい、離れずに――うちの照ちゃんもすぐお手伝いにやりますから――照ちゃんや照ちゃん！」

とお母さんも昂奮して照ちゃんを呼び立てましたが返事もございません。

「照ちゃんはどうしたのかしら」

「小母さん、さっきお薬取って来て下すって、敏ちゃんと出かけていらっしたままなの」

と久美子さんが言いました。

「へえ、いったい何処へ今頃行ったんでしょう、ほんとに仕方のない子だね、久美子さんの心も知らずに——では私が行って御看病お手伝いしましょう」

とお母さんは泣きしおれて居る久美子さんの肩を抱くようにして裏へ行きました。

間もなく敏ちゃんのお姉さんの春代さんも馳けつけて来ました。これも又心配そうに、

「うちの敏ちゃんも、どこかへ行ってしまって御飯の時、いくら探しても居ないんでしょう、こちらへも来ていないんですの?」

と妹のことをたずねかけましたが、久美子さんのお母様の御病気がだいぶ悪いらしいので、もうそれどころでなく、これも又枕許に悲しい哀れな久美子さんを慰さめて、一刻も早くお医者様の到着を、はらはらして待ち受けました。

×　×　×

省線の駅を出た照ちゃん敏ちゃん二人は、照ちゃんの学校へ通う路を辿りました。昼間とちがって夜に近い頃の寂しいこと、街中にずうと暮して居る街の子だちには、森蔭に家もまばらに灯の一つ二つぽつりとつく寂しい薄暮の道はほんとに心細くなりました。

でも、久美子さんの為に尽そうと思う一心で怖いことも寂しい事も忘れて、二人はかたく手を握り合って、どんどん野道を走りました。

梅雨《つゆ》がまだ晴れ切らないのか、夜に入りかけてぽつぽつと雨の大粒の雫が二人の顔にかかりました。

「雨ね」二人は言い合いましたが、もう雨も暴風雨も恐ろしくはありません、久美子さんを救う為、お友達を助ける為にと思えば悲壮な決心になって、二人は濡れても照らされても、かまわぬ意気込みでぐんぐん走りました。

「此処よ！」照ちゃんが、やっと辿り着いた御門の柱は暗く表札を敏ちゃんは読むことは出来ません。

（どうぞ、ここのお爺さんが久美子さんのお祖父様であるように！）

敏ちゃんも照ちゃんも其の御門へ入る前、天の神様に心からお祈りしました。そしてお玄関へ、二人は一生懸命で呼鈴を押し続けました。お邸のなかは静かに気味の悪いほどしいんとしています。

やがて、お取次の女中さんが現れました。

「あの、私は、いつか犬に吠えられてから、伺ったことのある者ですが――あの、あの、ここのお爺さんはいらっしゃいますか」照ちゃんは、あの、あの、と言いながら、一生懸命で申しました。

二人の制服の少女が、こんな夜になって尋ねて来たので少し吃驚した女中さんは眼をぱちくりさせて、然し叮嚀に――

「ホホ……お爺さんと仰しゃるのは、御主人様でございますね……生憎旦那様は今夜七時三十分の急行で京都の御本邸へお出立になりますので、今一寸前自動車で東京駅へお出かけになりました」

（あっ！）二人とも思わず深い失望の叫びをあげて、顔見合せて、しょんぼりしました。

だが敏ちゃんは、その時右手の銀の腕時計をちらと見ました。針は丁度六時五十五分まだ七時三十分には三十五分ばかり前！

「東京駅へ！　照ちゃん」

敏ちゃんはいきなり照ちゃんの手を引張ってものも言わずお玄関を馳け出しました。照ちゃんもただ夢中です。後にぼんやり呆れて女中さんが二人の少女の半狂乱の姿を見送って居ました。

——東京駅まで省線でも二十五分ぐらいかかるのに、それから駅までの道も十分どんなに急いでも——それで、どうして間に合うでしょう？

ですが、間に合っても間に合わないでも、今はただ無我夢巾で二人はマラソン競争のように走り出しました。雨のぽつぽつ落ちる薄暮の道を——悲しいような切ないような希望に燃えるような様々の心持に打たれつつ——

その時、この近くへお引越の荷を運んで来て、今やっと帰るらしい運送屋のトラックが勢いよく二人の前を通り抜けて行こうとしました。

「乗せて！　小父ちゃん」照ちゃんは声を限りとトラックの上の運送屋の人夫の人に声をかけました。この勇敢さこそ照ちゃんの特徴です。今その特徴を照ちゃんは発揮しました。

走るトラック

夕闇の寂しい道を烈しい物音をさせて走りゆくトラックが――女の子の声で止りました。

「なんだ、乗せて呉れって？」

トラックの運転手と助手台に居た人が首を出して声の主を探し求めました。

「どうぞだから、乗せて頂戴よ！」

と又女の子の声がしました。

「ハハハハこれは勇ましいお嬢さんだなあ」

とトラックの上に乗って居た運送屋の人夫の人だちが笑いました。そしてそのトラックの傍へよって来た照ちゃんと、そのうしろで少しまごついて居る敏ちゃんと二人の姿を発見したのです。

「おいおい、お嬢さん達は本気でこいつに乗っかるおつもりですかい？」

その人達は問いました。

「ええ、本気よ、本当よ、今どうしても早く東京駅へ行かないと汽車が出てしまうのよウ」

照ちゃんが車の上を仰いで一生懸命の声をしぼり出しました。

「後生だから乗せて頂戴、小父さん！」

敏ちゃんも又勇気を出して照ちゃんの声に合せました。

運転手が困ったように、トラックの上へ大声を張り上げて、

「親方どうします？」

と問いました。親方と呼ばれた人は、半ズボンに赤靴を履いている小父さんです。

「乗せてやっても、いいがねえ――もし此のお嬢さんが家出でもするんだと、ちと困るねえハハハハハ」

と小父さんはじろじろ二人の女の子を見詰めました。

「ちがうのよオ、私達家出なんかするんじゃないわよ、お友達の為にどうしても急いで東京駅へゆくのよ！」

照ちゃんは、そう説明しながらも、早く行かないと、東京駅からあの久美子さんのお祖父様かも知れない人が立ってしまうかと、気が気でありません。

「まあ、いいや、よしお乗んなさい！」

半ズボン、赤靴の小父さん——運送屋の親方さんが許して呉れました。

「ありがとう、早く乗せて！」

と照ちゃんはトラックに獅噛《しが》みつきました。

「よし来た、どっこいしょ」

と助手台の若者が身軽く飛び降りて照ちゃんの身体を抱き上げて、

「頼むよオ」

とトラックの上へ声をかけると、親方や人夫の人達が手を出して照ちゃんをトラックの上へお荷物の様にピョコンと乗せました。続いて敏ちゃんもそうして乗せられました。

「じゃあ、少し方角を延して東京駅まで走ってやれよ」

親方の命令で運転手は発動機《スターター》を動かして颯と車を走らせる、そのスピードの風を切るように早いこと！

「お嬢さん達しっかりつかまって居ないと振落されますな」

と親方は注意して、トラックの上に荷物をしばる麻縄を渡して照ちゃんと敏ちゃんのしっかりつかまる場所をつくって呉れました。

「立って居ちゃ、とてもやり切れないや、此処へ腰かけるといいぜ」

と、若い人夫の人が親切にトラックの上の隅にガタガタとゆれて転がって居た空箱を二つ持って来て椅子代りに置いて二人を腰かけさせました。

照ちゃんと敏ちゃんは、其の箱に腰かけて綱一筋に両手を緋《ひし》とかけて烈しい車のゆれで振落されぬ様用心しました。

「東京駅へお友達を見送りにでも行くのかね、お嬢さん達は?」

親方は問いました。それは、さっきお友達の為に急いで駅へゆくと照ちゃんが言ったからです。

「そうじゃないのよ、あのねェ――」

と照ちゃんはお友達の久美子さんのもしかしたらお祖父さんかも知れない人を追いかけて東京駅まで行くのだと言うわけを話そうとするのですが、トラックが烈しくゆれて音を立てるので、よっぽど大きな声で話さないと聞こえません。照ちゃんは声が涸れそうになるほど大声で話しました。

「あ、そうかい、まるでそいつは小説みたいな話だなあ――よし、そうとわかったら、小父さんも手伝って急いで東京駅のその汽車の時間に間に合うように走らせてあげるよ」

と親方が感心しました。

そのうち雨は大粒なのが、ポツポツ、それから、だんだんひどくなって走るトラックの上が雨に打たれて濡れてさえ来ました。

「チェッ、これはいけねいッ」

と親方と若い人夫のひとは、雨除けのカーキ色のズックの大きな布を出して、

「さあ、これをかぶって――」

と二人の女の子の上に頭から、すっぽりかぶせてしまいました。

それでなくても、あたりは暗いのに、その上、頭の上からすっぽりゴワゴワした布をかぶせられて、二人はまるで紙袋をかぶせられた小猫のように小さくなって車にゆられていました。

何んにも、まわりは見えずただ烈しい車のゆれて走る音だけ耳に入るのです。

そのなかでふと敏ちゃんは――これは、もしかしたら悪漢にこのまま誘拐されて何処か遠くへでも連れてゆかれるのかと――考えました。

見ず知らずのトラックの人達に大胆にも「乗せて頂戴」など頼んだのが間違いのもとで――などと考えると俄に恐ろしくなってしまいました。と言って矢の様に走りゆくトラックの上から飛び降りて逃げることも出来ません。

敏ちゃんは同じズックの布をかぶっている照ちゃんの手をさぐって握り締め、

「大丈夫？　こんな事して居ても大丈夫？」

と問いました。こうなると、なんとなくただ照ちゃんが一つの頼みです……敏ちゃんは気が弱いのですから――

「大丈夫よ、久美子さんの為に尽すのなら、神様だって助けて下さるわ、きっと！」

照ちゃんは敏ちゃんの手を力強く握り返して言いました。照ちゃんはいつでも勇気に満ちて思った事を実行する少女でした。

五分前！

どれぐらい時間がたったか、二人にもわからなかった――どこをどうトラックが走ってゆくか、それもズックのなかで見る事も出来なかった二人は絶えずひどくゆられ続けて居たのです。

そのトラックがぐいッと止りました。

「お嬢さん達、さあ降りた！　やっと来ましたぜ」

とあの小父さんの頼もしい声が響いた時の、ふたりの嬉しさは天にも登る心地でした。

ぱっとカーキ色の布を頭から、はねのけて照ちゃんと敏ちゃんは立ち上りました。

「お嬢さん、どうかね、間に合ったかい？」

小父さんは心配そうに問います、敏ちゃんはすぐ腕時計を駅前の街頭の灯で透して見ました。

時計の針はまさに七時二十五分！

「あと、たった五分よ！　照ちゃん早く！」

敏ちゃんは大声をあげました。

「早く敏ちゃん歩廊《フォーム》へ出ましょうよ！」

照ちゃんは夢中でトラックの上から飛び降りようとするのを、

「おっと危ないッ」

と小父さんが抱き止めて道の上へおろして呉れました。続いて若い人夫のひとも敏ちゃんを叮嚀にトラックから抱えておろしました。

「小父さん、皆さん、ほんとに有難う！」

と照ちゃんと敏ちゃんがトラックの下からお辞儀をしますと、

「それより早く馳け出して歩廊へ出なさいよッ」

と小父さんが大きな声で、どなりました。

「どうもありがとう！　さよなら！」

と敏ちゃんも照ちゃんも、もっと叮嚀に叮嚀にお礼を言い度いのですが、時間はないし、トラックの小父さんは（早く行け）と親切に言って呉れますので、二人は手をつなぎ合って夢中で駅の乗車口へ馳け込みました。

照ちゃんはそのままどんどん改札口へ突進しようとすると、いつも考え深い敏ちゃんはポケットから赤いお財布を出しつつ、

「入場券よ、入場券なくちゃ入れないわよ」

と叫びましたが、照ちゃんは、そんな事は一切おかまいなし、まるでマラソン競争

の選手が決勝点に飛び込む様な勢いで改札口へまっしぐらです。

投げられた球みたいに、ぴゅうと改札口を一息に飛び出そうとする照ちゃんは、改札係に、

「切符は？　切符はどうしたんですッ」

と睨められて、しまいました。

「あ、私とっても急ぐの、あとで切符買うから通してェ」

と照ちゃんは、まごついて悲鳴をあげました。

「だが困りますなあ……」

と改札係のひとも、一寸困って居る時、

「はいッ切符！」

と、うしろから馳け付けた敏ちゃんが二枚の入場券を突き出したので、照ちゃんはほっとしました。

それからの、二人はもう口もきくどころの騒ぎではありません。ただ息の続く限り、歩廊へ馳け上りました。

その途中で照ちゃんは桜木町や熱海行きの列車の歩廊へ慌てて馳け入ろうとするの

を敏ちゃんが引張り戻したりして、下関行の急行の発車する歩廊まで、やっと馳け上りました。

もう乗客は全部乗り込んでしまったらしく、五分前の鈴がけたたましく鳴り響いて居ます。

車室の前には見送の人があちこち立って居ます、そのなかを照ちゃんと敏ちゃんは血眼で車の窓を見ながら走りました。

「照ちゃん、二等車の窓を見るのよ」

と、敏ちゃんは三等車の前をきょろきょろ見廻して居る照ちゃんを引き廻して、二等寝台車の前をきょろきょろ見て走りました。

車室のなかの灯が赤々と窓の外にもれて、なかで白い服の列車ボーイが寝台の用意をし、乗客の人達は荷物を指図して運ばせて居たりします。

「照ちゃん、その不思議なお爺さんの顔見て知って居るのは貴方一人よ、だから早く見つけて頂戴よ！」

敏ちゃんは気が気でないらしく照ちゃんをせき立てますが、照ちゃんにはなかなかあの不思議なお爺さんの顔が車室の灯の下に見つからないのです。

そのうち、もう五分鈴は鳴り止みそうになり、車は今にも動き出すかも知れません。照ちゃんはもう気が気でなく、とうとう大胆な呼び声をあげました。

「久美子さんのお祖父さん！」

と――それは、まだ久美子さんのお祖父さんだか、なんだかわからないのに、もう照ちゃんは一人決めして、あの不思議なお祖父さんを久美子さんのほんとのお祖父様にしてしまったのです。

敏ちゃんは少し吃驚していましたが、照ちゃんは一向平気です、もうすっかり久美子さんのお祖父さんと思い込んだ様に、

「久美子さんのお祖父さん！」

と声を張り上げて幾つかの二等寝台車の前をうろうろと走り続けました。歩廊に立つ見送り人の人達は呆れて照ちゃんを見て居ます。

「照ちゃん、もう駄目よ、帰りましょう」

敏ちゃんが、少しきまりが悪くなって照ちゃんの腕をとりました。二人の制服の少女が大きな声で叫びながら車の前をうろうろするのは、おかしいと敏ちゃんは大人びて居るだけに、はずかしくなったのです。

だが照ちゃんは、もう半狂乱です。

「だって此の汽車にあのお祖父さん乗って居る筈なんですもの、きっと探せば居るわ」と確く信じて動こうともしません。

「だって——その人きっと久美子さんのお祖父さんじゃなかったのよ、だから、いくら久美子さんのお祖父さんなんて呼んで歩いても気が付かないのよ、ね、そうでしょう……」

もう敏ちゃんは、すっかり諦らめて居ます。

だが照ちゃんはなかなか強情です。

「いいわ、もしあのお祖父さんが久美子さんのお祖父さんでなくっても、無理に頼んでお祖父さんになって貰って可哀想な久美子さんとお母様を助けて戴くわ——」

とうとう照ちゃんは、こうまで決心しました。

「あら、そんなばかな事考えても駄目よ」

敏ちゃんは照ちゃんの大胆な考えに呆れてしまいました。

「いいのよ、だって、あのお祖父さんいつでも私にゆき会うと、きっと久美子さんの話を聞きたがるのですもの——きっと女の子の話の好《すき》ないい人よ、そんなら困って居る女の子を助けて下さるにきまって居るわ」

と照ちゃんは、言うと同時に又も大きな声を力いっぱい張り上げて、

「久美子さんのお祖父さんいらっしゃいますかッ」

と叫んで寝台車の前を走りました。

その時、一つの寝台車の窓のうち、もう寝台の用意が出来て青いカーテンを半分おろした席で、

「なんじゃ、あの女の子の声は?」

と首をかたむけたのは、あの不思議なお爺さんでした。この人は車へ入るなりもう寝台の仕度をさせてカーテンをおろしたので、窓の外から其の姿は見えなかったのです。

でも、妙な女の子の呼び声にふと気付いて窓のカーテンをあげて歩廊を見ました。

其処には今狂気のようになって(久美子さんのお祖父様!)と叫んでいる照ちゃんとも一人の女の子がその後でうろうろしているのでした。

「楠本楠本!」

お爺さんは、いつもお供をしているあの大学生の人の名を呼びました。だが同じ車に楠本さんは居ないのです。お供のあの人は寝台のない三等車の方へ席を取っている

ので、お荷物のお世話がすむとそちらの方へ戻って行ったのです。

「楠本は居らんな……」

お爺さんは、こうつぶやくと、窓から顔を乗り出して、「おいおい、もしもし」と大きな声を出しました。

「あっ！　居たわ、居たわ」と照ちゃんは、その窓の顔を発見した時、思わず敏ちゃんに抱き付いて躍り上り一散に窓の下へ駈けよりました。

お爺さんは、少しむつかしい表情をして、

「わたしを呼んだのかね？」と問いました。その一声で敏ちゃんは小さくなって照ちゃんの後に隠れてしまいましたが、照ちゃんは少しも恐れず答えました。

「え、そうなの」

「うむ、では、久美子の母親でも、そんな事を話したのかね」と、少しいやな顔をお爺さんがしました。

「いいえ、久美子さんのお母様は何んにもお話にならないわ、ただ私達が、もしか貴方が可哀想な久美子さんのお祖父様じゃないかと想像したんですわ……」そう言う照ちゃんの背中の後から敏ちゃんも応援して、

「ええ、そうですわ、私達想像したんですわ」

と想像説を大いに唱えました。

「うむ、わしを久美子という女の子の祖父と想像するのは勝手だが、それが又何んで此の停車場まで来て、わしを探すのじゃ?」とお爺さんはきびしい声で問い詰めました。

「あの、だって久美子さんのお母様今大病で久美子さんとても一人ぼっちでお気の毒なんですもの――」

照ちゃんはお爺さんのきびしい声に負けずに、はっきり強く申しました。

「うむ――ともかく委しい話を聞こう」

とお爺さんは、つかつかと急いで車室を離れて歩廊に降りて来ました。

お爺さんの足が車の昇降口からやっと歩廊の上に届いたと思う時、ピーと高く鳴り響く汽笛と共に、がたんと列車は滑り初めたのです。その為お爺さんはよろよろとよろめいて歩廊の上に倒れかけました。

「あっ危ないッ」照ちゃんと敏ちゃんは駈けよってお爺さんを両脇から抱き止めました。

汽車はどんどん過ぎてゆく――その三等車の窓から此の光景を見付けた、お供の楠本さんは吃驚仰天して、

「先生、どうなすったのです？　いったい」

と顔をさし出しました。お爺さんはその窓に向って早口で――

「楠本、お前は荷物を引きまとめて品川で降りて久美子の家へ直ぐやって来い、わしは先へ行っているぞッ」

と言いました。そして呆気に取られて居る楠本さんを乗せた列車はだんだん速度を増して走って行きました。急行列車は此の次は品川で止るのです。それまで、もう楠本さんは飛び降りるわけにも参りません。

二つの心配

田中屋と福澄では、その夜に入って大騒ぎとなりました。二つの心配が一度に巻き起ったのでした。

その一つは久美子さんのお母様の様子です。照ちゃんの兄さんが自転車で呼びに行ったお医者さんが、やっと来て下すってお母様を診察なさいましたが、困った様に首

をひねって、

「これは急性腹膜炎です、直ぐ入院して外科手術をなさらないと生命も危ないのですが……」

と、そっと小声で枕元に付いている敏ちゃんのお姉さんの春代さんに囁やきました。

「えっ、それは──」春代さんは蒼ざめてしまいました。

久美子さんのお母様は苦しみに疲れ果てて、眠った様にもう久美子さんの呼ぶ声にも力無い御返事が、かすかに悲しく色褪せた唇をもれるだけです。久美子さんはもうすっかり涙ぐんで、うなだれて居ます。

春代さんはすぐ福澄のお父さんを呼んでお医者さんのお話を伝えました、それから田中屋のお父さんお母さん、みんな集まって大会議を開きました。

「そう危ない病気とあっては、他人の私達もすてては置けない、第一久美子さんがほんとにいじらしくて可哀想だ、これは一つ近所の私達が共同一致して、早速入院させてあげて、その手術をして戴くことにお医者さんに頼むとしましょう。如何です田中屋さん」と福澄の御主人が申しますと、

「もう、それは勿論のことですとも、うちの店子が病気になって外に身寄も親戚も無

ければ、大家さんの私達がお世話するのが当然ですからな――」

田中屋さんも言って、そこで早速相談が纏まり、信用のある病院に、その夜のうちに久美子さんのお母様を入院させて手術を受ける事にしました。

それは、そうと相談が出来たのですが、そこで照ちゃんと敏ちゃんの姿がいつになっても見えません、

「もう、八時近いのに、どうしたんでしょう、あの子達は？」

と両方の大人達は大心配です――お裏の病人の心配、今度は二人の女の子の俄に夕暮から居なくなった心配で、田中屋福澄二軒のお店は騒動になりました。

「まさか悪者にさらわれたんじゃないでしょうねぇ」

「いくら、なんでも、もう女学校の一年生が赤ン坊みたいに、さらわれたりはしないでしょうに」

その最中へ――一台の自動車が田中屋と福澄の店のあの露路口へ止りました。

「この奥の小ちゃいお家が久美子さんのところですわ」と照ちゃんの言う声がしました。

「あら、照ちゃん達が帰ったんですよッ」

とお母さんが露路口へ飛び出しました。すると今まで行衛不明だった照ちゃん敏ち

ゃんの二人が、絽《ろ》の羽織袴のいでだちの立派な上品な白いお髭の老人を左右から手を引張るようにして露路の奥へ案内して来ます。

「まあ、ふたりとも、今までどこへ行って居たの、そりゃあ大騒ぎで心配していたよ」

とお母さん達が口々に言うと、照ちゃんはまるで鬼ケ島から帰った桃太郎さんのように力んでいばった顔をして、

「私達、久美子さんのお祖父様お連れしたのよ！」

と言えば、敏ちゃんも又嬉しそうに、

「想像したお祖父様は、やっぱりほんとに久美子さんのお祖父様だったのよ！」

と得意そうにいばって言いました。

「えっ！　久美子さんのお祖父様ですって！」

とお母さんが、何が何やらわからず驚きますと、その前に、叮重に一礼した老人は、

「わたしは、いかにも久美子の祖父の宗像です、――いろいろ孫がお世話になって居りますそうで――」

と言われました。そして照ちゃん達のお母様が、まごまごしていると、

「ともかく急いで久美子に会い、その母親の病人を見舞ってやりましょう」

と急ぎ足に露路の奥へと宗像老人は照ちゃん敏ちゃんの案内で入って行かれました……。

祖父出現

照ちゃんと敏ちゃんが、久美子さんのお祖父様といよいよ分った宗像老人の先に立って、久美子さんの小さいお家の入口へ入ってゆくと、お家の中は、しんとしていました。

照ちゃんは黙ってどんどん上ってゆきます。敏ちゃんはお祖父さんを顧みて「どうぞ、お上り下さい」とませた挨拶を致しました。

奥といっても入口の一間から直ぐお隣りの部屋です、先に立った照ちゃんが、襖をあけると、其処に、久美子さんのお母様がねていらしって、枕元に久美子さんがしょんぼりと座っていて、向う側に、お医者様が、春代さんの今持って来た洗面器で、診察後の手を洗っていらっしゃるのです。

「久美子さん、あなたのお祖父様をあたしだち、連れて来ちゃったわ」

と、照ちゃんが、勢い込んで声をかけました。

「えッ？」

と、振り返った久美子さんは、そこに、見知らぬ老人を見出して、吃驚して、先刻から、お母様の病気の悲しさに涙ぐんだ眼を見張りました。

「おお、お前が久美子か、よう似て居る、死んだ正彦に、生き写しじゃ」

と、お祖父様は、じっと久美子さんの顔を見詰めて、その傍に、なつかしそうに座りました。正彦とは、久美子さんのお父様で、このお祖父様の息子なのでした。

今、亡き我子の面影の、眉目、形を伝えた、その忘れがたみの久美子さんを見ると、お祖父さんは、深い深い愛情を感ぜずには居られなかったのです。

「久美子、私はお前のお祖父さんなのだ、もうわしが来たから、ちっとも心配することはない、どんな事でもして上げるから」

その時、久美子さんは何んだか夢を見ている様な気がしたに相違ありません。

お祖父様は、病人の窶《やつ》れた顔をちらと見て、

「可哀そうに、こんな町裏の小さい家で、久美子を育てて、つつましく辛棒して暮し

ていましたな、私は長い間、誤解して居た、やはり、正彦の言った様に、久美子のお母さんは立派な人だったのだ、その証拠は、この久美子を見れば分る」

と、お祖父様は、久美子の肩に手を置きながら、独り言の様に仰有《おっしゃ》いました。そういうお祖父様の言葉が、耳に入ったか、入らないか、お母様は苦しそうに眼を閉じていらっしゃるのです。

その枕元のお医者様に、お祖父様は会釈をなさりながら、

「此度は嫁が、大変お世話になって居ります、病態はどんなでしょうか、大分重い様ですが、今後は万事私が面倒を見ますから、よろしく御相談いただきたい」

と、懐の紙入れから一葉の名刺をお出しになって、お医者様に、初対面の御挨拶に、お出しになりました。

お医者様は、その名刺の字を一眼見ると、大変恐縮した様に、思わず、後退りをなすって、

「これは、宗像先生でいらっしゃいましたか、誠にどうも、私の様な者が、此の若奥様の御診察にあたって、御役に立ちますか、どうか」

と、幾度もお辞儀をなさるのです。

久美子さんのお祖父様の家は、徳川時代から、医者として、富み栄えた家柄で、今、隠居をしていらっしゃるお祖父様も、もう少しお若いうちは、高貴な方達の侍医をしていらしって有名な方だったのです。それで、今、此のお医者様は、思いがけない、その方が此処に現われたので、恐れ入ってしまった様でした。

その時、入口の方から、忍び足で、照ちゃんのお父さん、お母さん、敏ちゃんのお父さんが（様子や如何に）と、そうっと入って来られました。そして今お医者様が、久美子さんのお祖父様を大変尊敬した様にしながら、お母様の御容態を相談しているのを見て（ああ好かった）と安心して、又、次の間に座り込みました。

久美子さんのお祖父様とお医者様は、久美子さんのお母様を手術して、無事にお助けする相談が出来上ったのでしょう、お祖父様はこの時少しほっとなすった様に、久美子さんの肩を叩きながら、

「もう心配せんでも好い、お母さんは大丈夫じゃ、お祖父さんがついとるからのう」

と仰有いました。久美子さんは、その時初めて、畳に両手をついて、

「お祖父様、有難うございます。どうぞ、お母様の御病気を癒して上げて下さいませ」

と、一生懸命に、お願い致しました。

久美子さんの言葉を聞くと、お祖父様は、眼のうちに、うっすらと涙を浮べて、

「わしが、早く来て、助けて上げれば好かったな」

と、老人の頑《かたく》なな心を、今にして、しみじみ後悔された様でした。

そうした様子を、後から、見守っていた、照ちゃん敏ちゃんは、どんなに嬉しかったでしょう、二人とも声を揃えて、

「久美子さん、ほんとに好かったわね、こんなに偉いお祖父様が助けにいらっしったんだもの」

と、言いました。

その声に、二人の少女の方を振り返ったお祖父様は、

「おう、これというのも、あなた方小さいひと、二人の親切のお蔭じゃ、もしも、あなた方が、東京駅へかけつけて、私に知らせて下さらねば、何にも知らずに、京都へ行ってしまう処じゃった、多分、神様が、あなた方二人を、天使の代りに私のところへ、寄越して下すったのじゃろう、有難く思いますぞ」

と、お祖父様は、改めて二人の少女に、しかつめらしくお辞儀をなさいました。

照ちゃんも、敏ちゃんも、まごついて、慌てて、お辞儀をしかえしましたが、照ち

ゃんは何思ったか、

「ああ私、敏ちゃんと久美子さんと同じ女学校へ入れないで、落第してよかったわ。落第したお蔭で、あの遠い女学校へゆく様になったでしょう、そいで、犬に噛まれて、此の久美子さんのお祖父さんに、会う様になったんですもの、やっぱり神様が、私を落第させたんだわねえ、敏ちゃん」

と、頓狂な声を出して、思わず自分の落第を礼讃してしまいました。

久美子さんのお祖父様は、無邪気な照ちゃんの言葉に思わず笑顔をなさいました。

そして次の間に沢山控えている、田中屋や福澄のお父さん達を見て、

「これは、御近所の方達ですか、大変、孫と嫁がお世話になりました、私が何も構って遣らなかった為めに、こうして他人の方達のお世話になったとは、面目ない次第です」

と、あやまる様に仰有いますと、又照ちゃんが少しおでしゃをして、

「そんなに、お礼を言わないでも大丈夫よみんな、私と敏ちゃんのお父さん達ですもの」

と、敏ちゃんと、自分の親を紹介しました。

「おお、そうですか、何と、あなた方は、好いお嬢さんをお持ちですね、此のお嬢さんたちがいなければ、私はみすみす嫁を殺して、孫の久美子を不幸に突落すところでした。此の小さいお嬢ちゃん達のお蔭で、年寄の頑固な心が引き起す筈だった恐ろしい不幸から救って貰えたのです」

と、感謝されると、田中屋さんも、福澄さんも、我子を褒められて、嬉しい親心で、

「なあに、家の子だちが、久美子さんと仲よしなんで、その女の子の友情から向う見ずな事をやったのが、まあお役に立った訳で、親が教えたわけでもなんでも無いんでさあ。それというのも、久美子さんや久美子さんのお母さんが、実に好い方達なんで

――」

と、言いかけているところへ、楠本さんが途中の駅から降りて、此処へ駆けつけて来ました。

「おお、楠本か、やっぱりお前の言う様に此処へ早く訪ねて来てやれば好かった」

と、お祖父様は面目なげに仰有いました。そこへ照ちゃんの兄さんの栄吉さんが又、走り込んで来て、

「御病人を乗せる自動車が来ましたよ」

と、知らせたので、
「おう、では私もこれから直ぐ病人について、病院へゆきましょう」
と立ち上られました。

京都へ！

久美子さんのお母様の御病気は随分重かったのですが、幸いにも、みんなの真心が天に通じたのでしょう、手術の結果が、大変宜しくて、毎日少しずつ健康に戻ってゆかれるのでした。でもまだ一月ばかり入院していらっしゃらなければなりません。でも幸いに、学校は夏休みに入る時でしたから、久美子さんは、その夏休みいっぱい、お母様の傍につき添って、看病が出来るのでした。

敏ちゃんも、照ちゃんも、毎日の様に、病院へお見舞にまいりました。此の二人が時々持ってゆくお花で、お母様の病室はいつも飾られていました。

久美子さんのお祖父様は、御自分の息子の正彦が、久美子さんのお母様と結婚なさる時大変、反対をなすったのです。それは久美子さんのお父様の奥様には、大変身分の高い家のお嬢様をお迎えになるつもりだったからです、だのに正彦さんは、自分の邸に厄介になっていた美しいけれど貧しい孤児《みなしご》だった久美子さんのお母様と、結婚なすったのでした。そのために、正彦さんは、立派な大きなお邸を出て、郊外に、久美子さんとお母様と小さい家庭を持たれ、久美子さんが生れてからも、そのお父さん、つまり久美子さんのお祖父様から往来《ゆきき》を禁ぜられたのでした。ですから久美子さんのお父さんの正彦さんが不幸にも若くてお亡くなりになった時も、お祖父様は、久美子さんの事も、そのお母さんのことも一切構いつけませんでした。

その内に、だんだん困ってゆく久美子さん達を見兼ねて、あの親切なお邸の書生の楠本さんが、お祖父様には内証で、手伝って田中屋さんの裏にお引越して来て、それから後は、読者の皆様がよく御存じの通りなのでした。

敏ちゃんと照ちゃんの大努力の結果、久美子さんが初めて、お祖父様に会い、久美子さんのお母様が、夫の死後も、行い正しく、御自分の身を苦しめ乍らも、街裏に、侘住居して、久美子さんを働きながら育てていらっしったことが、お祖父様にも今はよく分って、お祖父様のお心も一時に解けてそのうえ久美子さんの様な、思いがけぬよい孫を初めて持ったお祖父様は、すっかり、有頂天になって、京都にいらっしゃらなければならなかった御用も、無理に変更して、その夏中、暑い東京に止って、毎日の様に病院へお見舞に通っていらっしゃるのでした。

久美子さんも、今では、すっかりお祖父様になじんで、甘えたり、いろいろお話し合う事が出来る様になりました。

そして、お祖父様は、もう此の久美子さんを手離す事が出来ず、一日も早く御自分の傍へ置きたいと思いました、それが、どんなに御自分の老後の楽しみであるかが深く分りました。

或日、お祖父様は、病院で久美子さんに向って、

「久美子や、お母さんの御病気がすっかり癒ったら、もうあのお酒屋の後の小さい家には帰らないで、お祖父さんの処へ来て呉れるだろうね」

と、お訊きになりました。

久美子さんは、暫く何にも言わず、じっと考えていました。

「どうしたのかね、お祖父さんの処へ来るのは厭かな」

と、心配そうに顔をのぞかれると、久美子さんは、

「いいえ」

と、答えました。

「では、お祖父さんと、これから一緒に暮すね」

と、お祖父様に念を押されて、

「ええ、でも敏子さんや照子さんにお別れする事考えると、私悲しいの——お祖父様」

久美子さんにとっては、あの敏ちゃんや照ちゃんは、なつかしいなつかしい姉妹の様な友達、そして、忘れる事の出来ない、恩人に思えるのでした。

「おお、そうか、無理もない、だが、たとえ、あの裏の家に住んでいないでも、やはり友達は友達なのだ、手紙をかいて、いつまでも仲よく出来るのだよ」

「ええ、お手紙書くけれど、照ちゃんにはきっと度々会えますわね、だってお祖父様のお家は、照ちゃんの学校の通り道なんでしょう」

と、久美子さんは照ちゃんからきいた、お祖父様のお家を思い出しました。

するとお祖父様は少し困った様なお顔をなすって、

「あの家はお祖父さんが、京都から時々東京へ出て来ている間の控邸《ひかえやしき》だったのじゃが、お祖父さんは、年を取ってから、京都が大変好きで、是非あちらに一生住みたいと思っとる、それで今度東京のあの家も整理して、東京の仕事も片づけ、もうお祖父さんは隠居じゃ、ずっと京都へ引籠るつもりで居ったのだ、それで、可愛いい久美子とお母さんとを一緒に京都へ連れて行って、お祖父さんは、あっちで暮したいと思ってる」

京都！　まだ見ぬ京洛の地、そこへ、東京を離れて、照ちゃんや、敏ちゃんに別れて、新らしい生活に入る運命が、今与えられたと知ると、久美子さんの小さい胸は、とても一人では考えたり判断することが出来なくなりました。

お隣りの病室の中で、まだ身体を休めていらっしゃるお母様のところへ、久美子さんは、扉《ドア》をあけて、走って入りました。

「お母様、あのねお祖父様が、私とお母様を連れて京都へいらっしって、ずっと一生一緒に暮す様にって仰有るのよ、どうしましょう」

と、久美子さんが、一生の一大事をお母様に相談しました。日にまし健康に戻ってゆかれるお母様は、此の時、ベッドの上に、静かに、起き直られて、

「久美子、御祖父様の仰有る様に、京都へでも、何処へでも御一緒にゆきましょう、お亡くなりになったお父様は、久美子をお祖父様に可愛がって戴き度いと思っていらっしったでしょう、今やっと、その日が来たのです」

こう仰有ったお母様の眼から、きれいな水晶の様な涙が、はらはらとこぼれました。

其処へ扉《ドア》をあけて、久美子さんに置いてきぼりを食ったお祖父様が、後を追う様に入っていらっしゃいました。

「久美子が、京都へ行くのは厭だとでも、駄々をこねて居たのかな、わしはもう一日も久美子と離れては居れんのだ、どうぞ久美子のお母さんも、久美子をすすめて、京都へ行って、一生傍にいて貰いたいのじゃがお願いする」

お祖父様は、久美子さんのお母さんの前にほんとうに心からお願いする様に、お辞儀をなさいました。

「よ、よろこんで、久美子も私も、何処へでも、お祖父様と御一緒に連れて行って戴きます」

と、うれしいうれしい涙に咽んで、お母様が、仰有いました。

街の子だち

初秋の初めに、二学期の始まる前、久美子さんは京都の女学校に転学の手続きを終ってていよいよ宗像家の本邸へ引移ってゆくことになりました。

あの久美子さん母子に、まだお祖父様がお会いにならない前から、いろいろ力を添えていた真面目な青年の楠本さんは、東京の大学なので、京都の方のお邸に移るわけにはいきませんので、それで久美子さんのお祖父さんは、あの思い出多い酒屋の小さい家を、その儘、楠本さんに借りさせ、其処から大学へ通わせる様になさいました。

「楠本さん、あすこで自炊なさるの、私達時々お菜《かず》を持ってって上げるわ」

と、敏ちゃん達は、喜んで、今から約束しました。

久美子さんは、照ちゃんや敏ちゃんに別れてゆくことは、ほんとうに淋しげでしたし、又照ちゃん達も、久美子さんを京都へ送ることは、名残惜しいのでした。けれども久美子さんが、今までのお母様と二人ぼっちの淋しい生活から、恵まれた新らしい生活へ入ることは、心から喜ばずには居られません。しかもその原因は、照ちゃんと敏ちゃんの友情に依って、あのお祖父様を発見したによるのですから——

お母さんも久美子さんもそのお祖父様も、照ちゃんや、敏ちゃんには、どんなに心から感謝されたでしょう。

殊にお祖父様は、田中屋と福澄の人々の温かい同情に感激なさいました。

「私は今まで、街に店を出して物を売って儲けることばかり考えている人だちは、卑しくて、人に親切など、そうするものとは思ってもいなかったのに、それは大変な思い違いだということがよく分りました。あなた方、街に住んでいた人達のお蔭で、うちの久美子とその母親が、どんなに助けられ庇われていたかを知ると、我ながら、自分の今まで取っていた態度が恥かしいと、しみじみ思いましたよ」

と、田中屋さんと福澄さんのお店へ来て、お礼を仰しゃいました。

田中屋さんも、福澄さんも、この時嬉しげに、

「何、そうおほめに預ると、お恥かしい、次第です——只、私達は、何も理屈は分りませんが、お気の毒だと思う方だちは、どうしてもお世話をして上げたかっただけなんです……」

と御返事しました。

「あなた方の様な心のあたたかい御主人のお店は、きっと繁昌しますとも、どうぞ京都の方へ見物にいらっしゃる時は、いつでも、又幾日でも私の邸へ泊って下さい、長く長くおつきあいをお願いします」

と、叮嚀に言われますと、照ちゃんのお母さんなどは、すっかり感激して、女心のやさしさに眼に涙をさえ浮べ喜びました。

そして、久美子さん達の出立の日には、此の人達一同、皆揃って東京駅にお見送りしました。

汽車の出る前迄、久美子さんだち三人の少女は名残を惜しんで一かたまりになって、お話していました。

「お手紙、きっと頂戴ね」

と、久美子さんが、言えば、

「私の字、とっても下手だけれど笑わないでね」

と照ちゃんが、心配しました。

「私だち五年になると、京阪に修学旅行があるのよ、その時久美子さんに会えるのね、今から、とっても楽しみだわ、京都へゆくの――」

敏ちゃんが四年先の修学旅行を心に画いて、言いますと、照ちゃんも、

「私の学校も、きっとゆくわ、その時、久美子さん、停車場へお迎えに出てね」

と照ちゃんも負けずに申しました。

「ええ、きっとお迎えに出るわ、そしてその時、京都が御案内出来る様になってお待ちしているわ、お祖父様も、お母様も、きっと大歓迎なさるわ」

久美子さんも、今からその日を待ちかねる様でした。たとえ一緒に遊びあった日は、一年足らずでも、あの街裏での三人の少女の思い出は深いものですから、四年たった後までも、此の三人の友情は変らないと思われます。此の物語りをお読みになる皆様も、それをお信じになるでしょう。

そして、いよいよ発車の時となり、久美子さんが、照ちゃんと敏ちゃんの顔を見乍ら、列車が静かに動き出してからも、（さようなら、さようなら）と、かたみに呼びかわして、汽車がだんだんに、レールのあちらに小さくなったあと、いつまでもいつまでも、敏ちゃんと、照ちゃんは、ホームに立って、涙ぐみながら見送っていました。その汽車の窓から、久美子さんも、いつまでもいつまでも名残り惜しげに、さまざまの思い出を残した東京の空を眺めながら、照ちゃんと敏ちゃんとの別れを惜しんで、涙さしぐんでいたことでしょう。

×　　×　　×

その年も、暮近くなって、早くも例年の通り、竹の笹つばのお正月の飾りが、街に立てられました。

照ちゃんも、敏ちゃんも、学期試験が済んだので、夕方などよく二人は、あの露路で、寒いのも、かまわず、お話をしていました。

もう照ちゃんも、女学生になったので、いつかの様にキャラメルの唾《つばき》のしみたガーゼの汚いマスクなどしなくなりました。大変な進歩です、眼鏡の子の敏ちゃんも、ますます、優等生らしい型になりました。

「照ちゃん、丁度、今年のお正月だったわね、あのお店の前の飾りの笹つばが、からからになった頃、この露路で、二人で遊んでいた時、あの楠本さんが、照ちゃんとこの貸家を見つけて、ききにいらしって、それから直きに、久美子さんのお母さんが、いらしったんだわ。その時、照ちゃんと二人で、ビリヤード八千代へ、照ちゃんのお父さんが、玉を突いてるの、迎えに走って行ったわね」

敏ちゃんが、思い出して言いますと、

「ああ、そうそうだったわ、それから、久美子さんが、裏のお家へ引越して来たのよねえ、それから敏ちゃんが、あんまり久美子さんにおべっかするので、あたしは怒ったり、喧嘩したり、ああおかしかった」

照ちゃんが言うと、敏ちゃんは、

「随分ね、おべっかなんかしやしないわよ、只、久美子さんと仲よくしただけじゃないの、それだのに、照ちゃんは、ひがみ根性で、ぷんぷん怒って、私あの時困ったわ」

「だけど、又すぐ仲直りしちゃったから、おかしいわねえ、ハハア……」

と、照ちゃんが、笑う。

「これからも、二人は時々喧嘩するかも知れないけれど、安心だわ、照ちゃんは私と仲よくするより仕方がないんですもの」

と、敏ちゃんが、からかって威張ると、

「まあ、あなたったら、うぬぼれているのねえ、私久美子さんへ、内緒で、あなたの悪口、書いてやるわよ」

照ちゃんが、例の通り少し御機嫌が悪くなると、敏ちゃんも、後へは引かず、

「私だって、照ちゃんの怒りんぼうはまだ直りませんて、久美子さんに、知らせて上げるわよ」

と、又もや、小さい喧嘩が初まりそうに、なった時、

「こんな、寒いところで遊んでいると、風邪をひきますよ」

と、声をかけて露路へ入って来たのは、楠本さんでした。あれから楠本さんは、この田中屋さんの裏の家から、大学へ通って、敏ちゃんと照ちゃんに、時々英語をさらって下さるのでした。

「子供は、風の子ですって、だから大丈夫よ、楠本さん」

と、照ちゃんが、威張りました。

「ハハア……、照ちゃんは相変らず、いつも活発だな」

と、ふさふさした断髪をくるりと撫でて、楠本さんは、奥のお家へ帰ってゆきました。

その楠本さんの後姿を、じっと意味ありげに見送っていた敏ちゃんは、照ちゃんの耳許に口を寄せて、小さい声で——

「照ちゃん、好い話、教えましょうか」

と、囁くと、

「えッ、なあに？　早くおしえてよ」

と、照ちゃんが、好い話を聞きたがる。

「あのね、楠本さんは、若しかしたら、私のお兄さんになるのよ」

「えッ、どうして?」

照ちゃんが、飛び上る様に驚くと、敏ちゃんは、少しはにかんで、

「だって、うちの姉さんのお婿さんになるかも知れないって、お父さん此の間喜んで、そう言ってたんですもの、私、楠本さんが、兄さんになれば、とっても自慢しちゃうわ」

照ちゃんは、それを聞くと、眼玉をくるくると、させて、

「あーら、ずるいわ!」

と、只なんとなく、親切な楠本さんを敏ちゃんに、お兄さんに占領されてしまう様な気がして、ずるいわと言わずには居られなかったのです。

その時、福澄のお二階の障子が開いて、

「敏ちゃん、御飯ですよ、早くお帰りなさい」

と、噂さの主の春代さんが、美しい顔を露路の方に、向けて呼びました。

「あーら」

と、照ちゃんが、悪戯っ子らしく首をすくめると、敏ちゃんも、思わず(ホホ……)と笑い出して、

「照ちゃん、今のお話、まだ内証よ、おしゃべりしちゃいやよ」

と、口止めしました。

「だけど、私、とっても、そのことおしゃべりしたいわ」

と、照ちゃんは、照ちゃん式を発揮しました。

十二月の風は、お正月の店飾りの笹の葉を、さらさらと、吹き流しています、街の子の二人の少女は、いと楽しげに、お馴染の露路で、かく遊び戯れています、此の二人の子に幸あれと、祈って見守るかの如く、夕星が、きらめき出ました。

遥かに、遠い京都の空でも、久美子さんがお友達を偲んで、此の同じ夕空の星を眺めて居ることでしょう。


（この物語、ここに終る）

解説　「露路」と「女学校」

竹田志保

吉屋信子「街の子だち」は一九三四年一月〜一二月に『少女の友』において連載された作品である。戦前には単行本化されておらず、一九四七年に東和社の吉屋信子少女小説選集の一つとして出版された。連載時の挿絵は、前年の「からたちの花」に続いて林唯一によるものだったが、東和社版では松本かつぢが装画を手がけている。その後、一九五二年にポプラ社からも再刊されているが、本書は東和社版を底本としている。

吉屋信子は、一九〇八年に栃木高等女学校に入学したころから『少女世界』『少女界』などへの投稿を始めた。彼女はすぐに常連投稿者として名を知られるようになり、次第に文学の道を志すようになる。一時は日光小学校で代用教員などをしていたが、一九一五年に上京を果たし、その頃から『良友』や『幼年世界』などに少しずつ童話を発表するようになる。一九一六年から『少女画報』に連載された「花物語」は、当時の少女たちの圧倒的な支持を受けて、その後長く活躍する彼女の最初の代表作となった。

以降、吉屋は少女小説の領域だけにとどまらず、一九二〇年から懸賞小説の当選作として「地の果まで」(『大阪朝日新聞』)を連載するなど、さらに活躍の場を広げていく。一九三三〜三四年の「女の友情」(『婦人倶楽部』)、一九三六〜三七年の「良人の貞操」(『東京日日・大阪毎日新聞』)などの成功によって、吉屋は流行作家としての地位を確かにした。一九三〇年代の吉屋は主要なメディアで複数の連載を抱え、多くの作品が絶え間なく劇や映画にもなるなど、常に注目の存在だった。

一時期、吉屋は「もう私の少女小説時代は過ぎた」、「少女小説の筆を断つて、大人の小説の世界へ専心したい――から願ひ、心にも誓つて」いたと語っている。しかし彼女は「大人の小説も、少女小説も要するに同じ文学の大切なお仕事ですもの、いづれの尊卑を問はれませう」として、「いかなる作品にも自分のありたけの力と心とをこめて世に問ふ、それが大人の小説の場合にも、少女の方達への作品の場合にも同じ心持と努力で」(吉屋信子「作者の言葉」『三つの花』一九二七年、大日本雄弁会講談社)という決心から、初の長篇少女小説として「三つの花」(『少女倶楽部』一九二六〜二七年)を連載するに至る。以降は、新聞や婦人雑誌などの「大人の小説」と並行して、多くの少女小説を書き続けていくことになる。

そうしてこの「街の子だち」は一九三四年に『少女の友』において連載された。この頃の吉屋は、当時の大人気少女雑誌であった『少女の友』（実業之日本社）と『少女倶楽部』（大日本雄弁会講談社）に並行して継続的に連載をしている。遠藤寛子によれば、この二誌は「健康で強烈な娯楽性に富み、それゆえに通俗性と大衆性を指摘される『少女倶楽部』派と、繊細で優雅な叙情性にすぐれ反面軟弱と感傷過多を非難される『少女の友』派」、「さらに読者基盤によってわけるなら、『少女倶楽部』派は、その素朴さゆえに地方型、『少女の友』派はその洗練において都市型」として分類される（遠藤寛子「解説」『少年小説大系第二四巻　少女小説名作集（二）』一九九三年七月、三一書房）。

吉屋もこうした雑誌の特質に合わせて作品のスタイルを変える工夫をしていたようである。たとえば『少女倶楽部』には、「三つの花」（一九二六～二七年）、「白鸚鵡」（一九二八年）、「七本椿」（一九二九年）、「あの道この道」（一九三四～三五年）、「毬子」（一九三六～三七年）など、明朗で波乱万丈の筋書きをもつ作品が多く描かれた。一方、『少女の友』には、「暁の聖歌」（一九二八年）、「紅雀」（一九三〇年）、「桜貝」（一九三一～三二年）、「わすれなぐさ」（一九三二年）、「からたちの花」（一九三三年）、

「小さき花々」（一九三五年）、「司馬家の子供部屋」（一九三六年）、「伴先生」（一九三八〜三九年）、「乙女手帖」（一九三九〜四〇年）、「小さき花々」（第二期、一九四〇年）、「少女期」（一九四一年）など、センチメンタルな叙情性の高い作品が多く発表された。とはいえ、たとえば「七本椿」は『少女倶楽部』ではあまり支持されず、実業之日本社から単行本が出されたというケースなどもあり（一九三二年）、それぞれの媒体で試行錯誤が重ねられていたこともうかがえる。

「街の子だち」もまた、『少女の友』ではやや苦戦した作品であったかもしれない。前年の「からたちの花」に続いての連載であった本作は、当初次のように予告されていた。

さやかに吹く微風《そよかぜ》のなかに一人立つてぢつと地面を見詰てもの思ふ子、硝子戸にそそぐ雨のしたたりを寝ざめの枕もとに聞入りつ——なにか、うつつともなく夢見るやうな眼ざしを向ける子、教室の扉の開く音にも、ふつと胸轟かして臆病《チミッド》な優しい瞳をおづおづとあげる少女——そんな子はもう今の世に居ないかも知れない、思へば、それは作者の儚ない幻想の中にのみ生くる少女の面影に過ぎないかも知れない、けれどもその作者の夢を描くのを許して戴けたら……そして作者の夢に登る少女を皆様も愛して下さるなら――とこのひそやかなる願ひのもとに、街の子たちの一巻の物語は開かれてゆくのです。(『少女の友』一九三三年一二月)

予告時点では、夢や幻想といったイメージが繰り返されているが、実際の「街の子だち」は〈下町〉の少女たちの日常生活を中心とした、コミカルな印象もある作品となった。もちろん、当時の『少女の友』にも漫画など、コミカルな内容のものは少なくはなかったが、本作はむしろ『少女倶楽部』の読者に適しそうな、庶民的な雰囲気がある。

『少女の友』の読者欄である「トモチャンクラブ」を見れば、「街の子だち」については、連載を楽しみにする声は一定数あるものの、他の連載に比してやや低調である。なかには「以前の紅雀のやうなのを見せていただけたらと願つてをります」(一九三五年一月)、「此の頃、長篇小説がだんだん小さい少女を主にして来る様でなんだか淋しい気がします。殊に吉屋先生の文に於て先生独特の美しい書振りが失はれて居る様で……。紅雀の様なのを書いて頂けたらと思ひます」(一九三五年一月)、「吉屋先生此の次は「わすれなぐさ」の様なのをお願ひいたしますわ」(一九三五年二月)などと、過去作のような雰囲気が感じられないことへの不満も寄せられたようである。

「街の子だち」終了後には、続いて「小さき花々」が連載されることになる。その際には中原淳一が挿絵を手がけることと合わせて、「且つての日、信子先生が世に出られた最初の名作、あの「花物語」の美しい情緒をなつかしまれてお書き下さる短編集です。屹度あの「花物語」にも増した美しい第二の花物語が出来ることでせう」(『少女の友』一九三四年一二月)と予告されており、過去作が強く意識されたものになっている。

しかし「街の子だち」が雑誌にミスマッチであったことについては、単に戦略を誤ったということではなく、別の考え方もできる。当時の『少女の友』には海外の少女小説の翻案などが多くあり、従来の日本の少女小説とは異なる作品を提案しようとする意欲があったことがうかがえる。遠藤寛子は、「街の子だち」に「小公子」と似た展開があることを踏まえ、吉屋にバーネットやオルコットのような身近な家庭を描写した海外の少女小説のような作品を書く狙いがあったと指摘する(遠藤寛子「解説」

『少年小説大系第二五巻　少女小説名作集（二）』一九九三年一一月、三一書房）。そうしてみれば、ここで「作者の夢」とされているのは、いまだ日本の少女小説においては現出していない、新しい少女像のことであったのかもしれない。

「花物語」などの少女小説において、吉屋が得意としたのは、多くが女学校や寮などの閉じられた空間のなかで交わされる美しい少女たちの友愛関係や、またそれがいずれ終わりを迎えることを悲しむ感傷性の表現であった。そうした少女小説の傾向に対して、たとえば松田瓊子はその日記に「吉屋信子の「花物語」（少女クラブのふろく）を見て、あきれる。どうしてこれが女学生にそんなに騒がれるか。あきれもし、又なさけなくもなつた」（一九三四・七・一〇）と書いて批判していたという（『松田瓊子全集』第五巻、一九九七年、大空社）。そういう松田が依拠していたのはやはりオルコットなどの海外の少女小説であり、松田のデビュー作『七つの蕾』（一九三七年、教材社）の序文では、村岡花子が「私は今まで読んだどの少女小説からも感じられなかった溌刺さと、生命の躍動とを摑んだ」、「この国の少年少女の読物の中に欠けていた要素をあなたは立派に『七つの蕾』に依って満たして下さいました」と書いている。こうした批判は、吉屋自身にとっても課題であったのだろう。

この頃の吉屋が試みていたのは、深い友愛で結びついた美しい少女たちを描くことではなく、もっと現実的な世界において、友達とうまくいかなかったり、欠点があったりする、コンプレックスや嫉妬といったネガティブな感情をもつ少女を描くことではなかったか。いまの少女読者に求められるものとは違うかもしれないが、もっとリアルな少女の葛藤を描くこと。それは前作の「からたちの花」にも共通する問題意識であったように思われる。

「街の子だち」が作品世界として設定するのは、〈下町〉の「露路」である。酒屋の娘の「照ちゃん」と、質屋の娘の「敏ちゃん」という仲良し二人組の間に、「久美子さん」というもう一人の少女が現れるところから物語が始まる。いわゆる中流家庭の娘である照子と敏子に対して、久美子は事情があって零落し、いまは〈下町〉に身を寄せているが、実は高い家柄の祖父を持つ娘である。

久美子の物語は一種の貴種流離譚でもあり、ここには同時期に『少女倶楽部』で連載していた「あの道この道」において、高い家柄の娘が取り違えられて漁村の娘として成長した後に、元の家に戻る展開を描いたこととの共通性を見出すこともできる。しかし「街の子だち」において中心化されるのは久美子の物語ではなく、彼女に対して嫉妬や反発を覚えつつも、その身分の回復に力を貸す〈下町〉の少女・照子である。ここに一つの新しいチャレンジがあったと言えるだろう。

照子はぽっちゃりと太った快活な少女で、一方の敏子はやせっぽちで眼鏡をかけた少女である。一方、二人の間に現れた久美子は美しく上品なお姫様のような少女とされる。語り手が「ちゃん」と「さん」と敬称を呼び分けることにも明らかなように、久美子は二人と同い年ながらもやや大人びた、洗練された少女として置かれている。「街の子だち」では、基本的に登場人物に距離を取った批評的な語りの形式があることも特徴的である。それは語り手のコミカルな〈ツッコミ〉として、登場人物に親近感をもたせるようなものでありつつ、未熟な、成長を期待される子供に対する大人の視線の存在を意識させもする。

照子と敏子が仲睦まじく暮らす「露路」から、彼女たちを分断する最初の障害として現れるのは「女学校」の入試である。こうしたかたちで現実の少女たちの間に生じる〈競争〉を描いたことも本作において注目される点である。

当時の学校制度は、現在の小学校、中学校、高校というような進学コースとは大きく異なっている。義務教育として置かれているのは尋常小学校のみで、その後は男女別に進学コースが分けられている。男子の中等教育機関である中学校に対して、女子の中等教育機関にはまず代表的なものとして高等女学校と実科高等女学校がある。その他に初等教育機関としての高等小学校、中等実業教育機関としての農業学校や商業学校、その他に各種学校といったものがある。戦前の女学校については、小山静子『高等女学校と女性の近代』(二〇二三年、勁草書房)に詳しいが、それによれば一九三五年頃の女学校進学率は概ね一三%程度である。そもそも女学校に進学することができるのはまだかなり限られた層だけであったことがわかる。しかしこの頃、女学校進学希望者の増加に従って、特に都市部では入学難が進行していたという。一九三五年頃の女学校の入学倍率は、一・七三倍とされるが、特に東京周辺には入学倍率が三倍以上となる学校も多かった。不合格者の進路としては、複数受験で別の女学校に進学するか(ただしこれは東京など学校の多い地域に限られるだろう)、高等小学校に進学して再受験するという方法があったとされており、本作で受験の心配をする照子が「私落第したら、敏ちゃんも入るのよして、外の女学校に入るか、一年高等科にゆかない?」と提案するのは、こうした現実に即したものであるだろう。

小学校での受験指導や受験準備書の流行など、当時の受験対策は加熱の一途にあり、連載中の『少女の友』にも「試験当日の心得」などの受験指南の記事がしばしば掲載されている。こうした容赦のない選別にさらされることが、少女たちの生きる世界や人間関係を変化させていくことになるのである。

照子が受験に失敗したために、敏子と久美子は同じ女学校へ、照子一人が郊外にある別の女学校へ通うことになる。照子と敏子は通学や学校での時間を共有できなくなる。「露路」で過ごす時間から、「女学校」の時間が彼女たちの生活の中心となり、そこでは反対に敏子と久美子の関係が近づいていくようになる。敏子と久美子はまた、ともに早くに親を亡くしている点でも共感をし合う。久美子に影響されて「もう女学生だから」と言いながら、「まるで違った言葉づかいや行動」をするようになってい く敏子を見て、そこから「はぐぬけ」にされた照子は反発を感じるようになっていく。

照子は敏子と久美子に対抗して、「久美子さんに優るとも劣らない美しい上品な人を新しくお友達にして敏ちゃんに見せつけて思い知らせてやる」と考える。しかし照子はうまくふるまうことができずに友達づくりに失敗し、かえって孤独感を深めていく。また、久美子の家の困窮を知ったときも「自分を一人はぐぬけにして、敏ちゃんとばかり仲よくしている久美子さん、そのお家が少しのお家賃さえ納めるのが苦しいのに

――だのに久美子さんはお嬢さん振っていばって……」と「よからぬ事」を考えもする。

ただしこうした照子の暗い感情は、それほど突き詰めて深化されることはない。照子は、母親の看病をする久美子の手伝いをする敏子を見ることであっさりと反省するに至る。「お友達のお母さんの病気と聞いて、こうして放課後毎日来てお友達を助けて氷を割ったりお薬を取りに行ったりする敏ちゃんの友情は何んと美しく深いのか」と、照子は友情のあり方を見直すことになるのである。

この照子の改心は、精神的成長というよりもむしろ彼女の本来の性質を取り戻したというべきものであるだろう。「ほんとは照ちゃんの気質は仲よしの友達つくって毎日賑やかにじゃんじゃん遊ぶのが好きでならない」のであり、わだかまりを解消したのちには「もともとさっぱりした快活な子」、「外に出てどんどん活躍する方が生れ付き性に合っている」という持ち前の行動力を発揮して、そのことが遂には久美子と離別していた祖父とを引き合わせることを実現するのである。

祖父は屈託のない照子に出会うことで、頑なになっていた心を改め、久美子と母を自らの家に迎え入れることを決める。祖父は「多分、神様が、あなた方二人を、天使の代りに私のところへ、寄越して下すったのじゃろう」と語り、照子も「落第したお蔭で、あの遠い女学校へゆく様になったでしょう、そいで、犬に噛まれて、此の久美子さんのお祖父さんに、会う様になったんですもの、やっぱり神様が、私を落第させたんだわねえ」と笑う。

だが〈下町〉の人たちに素朴で単純な善性を付与したうえで、上流階級の者がその助けを得て改心や幸福を獲得するという物語には危うさがあるだろう。〈下町〉の人々は、上流階級の幸福の実現に都合よく奉仕する存在とされ、彼らが独自に何かを得ることはない（最後に敏子の姉が祖父の家の書生と結婚する可能性が述べられており、ある程度の階級上昇のチャンスを得たとは言えるかもしれないが）。また、敏子が久美子に影響されて、言葉遣いやふるまいを洗練させていくのに対して、久美子の側が〈下町〉から何らかの影響を受けることは特に描かれない。ここには階級に裏打ちされたものとしての高い精神性を前提とするような意識が垣間見える。これまでとは違う、中流階級家庭の少女を中心に据えた物語の試みは、やはりその階級性についての偏見のために、そこにある孤独や葛藤も、単純化された牧歌的なものになっているように思える。

ポプラ社版「街の子だち」のまえがきとして、吉屋は次のように述べている。

この物語は、官吏の娘に生まれて、その転任につれて地方町に少女時代をおくり、その後東京に出てきても、郊外や山手に暮らすことの多かった作者の、下町の子供たちにたいする一種のあこがれから生まれたものです。敏ちゃん、照ちゃん、これは作者が愛情をもって描いた幻影であり、また多少のモデルがあります。

その目次にもあるように〈露路に遊ぶ〉〈夏祭りの思い出〉など、下町のなつかしさやその情景を、たのしく書いたものです。

はたして、下町にそだつ子たちがよくえがいてあるでしょうか、この本がいまだに版を重ねるところをみると、及第したのかもしれませんね。（『街の子だち』一九五二年、ポプラ社）

〈下町〉の表象にある程度「及第」したとしつつも、あくまで「あこがれ」「幻影」であると断るところには、それが上流階級の側から見た〈下町〉であることへの後ろめたさがあったのかもしれない。

しかし、それでもこの作品の照子のようなキャラクターは、吉屋作品の系譜において重要な存在であることも確かである。吉屋信子の小説には、しばしば照子のような義侠心に厚い女友達や姉妹が登場する。きっぱりと物を言い、おっちょこちょいでユーモアに溢れ、いざとなれば損得を度外視して大好きな友達のために誰よりも奔走する。彼女たちは物語のなかで中心的に描かれるようなロマンチックなカップルになることは少なく、多くの場合は脇役の位置にあって、主人公を助けたり励ましたりする役割を担う。たとえばこれは同時期に『婦人倶楽部』で連載されていた「女の友情」に登場する初枝を思わせる。吉屋の小説においては同性愛的な女性同士の絆がまずは注目されるが、それとはまた異なる友情のあり方、いうなればシスターフッドを体現する女性の存在がある。「街の子だち」の照子は、こうしたキャラクターの系譜でありつつ、主人公的なポジションで描かれたものとしては特筆に値する。それがあまり丁寧に掘り下げられなかったことへの憾《うら》みはあるが、吉屋作品の魅力の一つをよく示すものとは言えるだろう。

竹田志保（日本文学）

＊本書は、『街の子だち』（東和社・1947年刊）を底本とし、新字・新仮名遣いに改めました。『街の子だち』（ポプラ社・1952年刊）を適宜参照しました。
＊今日の人権意識に照らして不適切と思われる語句や表現については、時代的背景と作品の価値をかんがみ、そのままとしました。

街の子だち　吉屋信子少女小説集 4
2024年12月10日初版第一刷発行

著者 : 吉屋信子
発行所 : 株式会社文遊社
東京都文京区本郷 4-9-1-402　〒113-0033
TEL: 03-3815-7740　FAX: 03-3815-8716
郵便振替 : 00170-6-173020
装画 : 松本かつぢ
装幀 : 黒洲零
印刷・製本 : 中央精版印刷株式会社

乱丁本、落丁本は、お取り替えいたします。
定価は、カバーに表示してあります。

　Printed in Japan.　ISBN 978-4-89257-134-3